南京稀见文献丛刊

南唐二主词

（南唐）李璟 李煜 著

注评 刘立志等

南京出版传媒集团

南京出版社

图书在版编目（CIP）数据

南唐二主词 /（南唐）李璟，（南唐）李煜著 .-- 南京：南京出版社，2019.12

（南京稀见文献丛刊）

ISBN 978-7-5533-2683-2

Ⅰ.①南… Ⅱ.①李… ②李… Ⅲ.①词（文学）—作品集－中国－南唐 Ⅳ.① I222.843.2

中国版本图书馆 CIP 数据核字（2019）第 236758 号

丛 书 名：南京稀见文献丛刊
书　　名：南唐二主词
作　　者：（南唐）李　璟　李　煜
出版发行：南京出版传媒集团
　　　　　南 京 出 版 社
社址：南京市太平门街53号　　　　邮编：210016
网址：http://www.njcbs.cn　　　电子信箱：njcbs1988@163.com
联系电话：025-83283893、83283864（营销）　025-83112257（编务）

出 版 人：项晓宁
出 品 人：卢海鸣
责任编辑：余世瑶　杨传兵
装帧设计：王　俊
责任印制：杨福彬

排　　版：南京新华丰制版有限公司
印　　刷：南京工大印务有限公司
开　　本：890毫米×1240毫米　　1/32
印　　张：4.5
字　　数：85千
版　　次：2019年12月第1版
印　　次：2019年12月第2次印刷
书　　号：ISBN 978-7-5533-2683-2
定　　价：26.00元

南京出版社
图书专营店

总　序

　　南京是我国著名的七大古都之一，又是国务院首批公布的 24 座历史文化名城之一。有将近 2500 年的建城史，约 450 年的建都史，号称"六朝古都""十朝都会"。南京的地方文献是中华历史文化资源的一个重要组成部分，是研究我国政治、经济、军事、文化和民风民俗的重要资料。为了贯彻落实党的十九大精神和习近平新时代中国特色社会主义思想，配合南京的经济发展与城市建设，深度挖掘历史文化资源，做好历史文献整理出版工作，不仅有利于传承、弘扬南京历史文化，提升南京品位，扩大南京影响力，也有利于推动物质文明、政治文明、精神文明、社会文明、生态文明协调发展。

　　长期以来，南京地方文献还没有系统地整理出版过，大量的南京珍贵文献散落在全国各地的图书馆和民间。许多珍贵的南京文献被束之高阁，无人问津，有的随着岁月的流逝而湮没无闻。广大读者想要查找阅读这些散见的地方文献，费时费力，十分不便。为开发和利用好这一祖先留给我们的文化瑰宝，充分发挥其资治、存史、教化、育人功能，南京出版传媒集团·南京出版社与南京市地方志编纂委员会办公室组织了一批专家和相关人员,致力于搜集整理出版南京历史上稀有的、珍贵的经典文献,并把"南京稀见文献丛刊"精心打造成古都南京的文化品牌和特色名片。为此,我们在内容定位上是全方位、多视角地展示南京文化的深层内涵和丰富魅力;在读者定位上是广大知识分子、各级党政干部以及具有中等以上文化程度的人;在价值定位上,丛书兼顾学术研究、知识普及这两者的价值。这套丛书的版本力求是国内最早最好的版本,点校者力求是南京地方文化方面的专家学者,在装帧设计印刷上也力求高质量。

总之,我们力图通过这套丛书的出版,扩大稀见文献的流传范围,让更多的读者能够阅读到这些文献;增加稀见文献的存世数量,保存稀见文献;提升稀见文献的地位,突显稀见文献所具有的正史史料所没有的价值。

"南京稀见文献丛刊"编委会

导　读

　　李璟、李煜父子是中国词史上赫赫有名的人物,是研读中国诗词无法绕开的名家。他们的作品造语精工,情真意切,感染力强,普及度高,千百年来广为世人传颂。本书对他们传世的作品进行注释赏析,古人云"知人论世",为了深入理解他们的作品,在此有必要简略介绍一下他们的生平与创作情况。

　　唐末社会动乱,藩镇混战,"城头变幻大王旗",杨行密崛起于淮南,长年转战长江南北,控制了江淮地区,开创了杨吴基业。天祐二年(905)十一月,杨行密因病去世,长子杨渥嗣立。杨渥为人昏庸浮躁,为政不德,终被臣下弑杀,由杨行密次子杨隆演嗣位,大权尽入徐温手中,徐温主政淮南,改革弊政,颇得人心。贞明五年(919),杨隆演称吴王,徐温受封为东海郡王。天成二年(927),徐温去世,他的义子徐知诰掌握了吴国的军政大权。徐知诰本来是杨行密征战濠州期间收养的一名孤儿,因不为杨行密亲生儿子所容,被送给了徐温,徐温给他取名徐知诰。十年之后,吴国皇帝杨溥逊位,徐知诰在金陵(今南京)称帝,国号大齐。第三年,徐知诰恢复李姓,改名为李昪,国号也随之改为唐，史称南唐。李昪就是史家习称的南唐先主。李昪深知创业不易，执政期间实行保境安民的政策，对外不轻启战事，全意自保，虽进取不足，但守成有余，国家比较安定。天福八年(943)，56岁的李昪病故，他的长子李璟即位。

李璟(916—961)，初名景通，字伯玉，登基后改名为瑶，后又改为璟。他资质出众，气质极佳，《江南野史》里说他"音容闲雅，眉目若画"。他好学能诗，文采绝伦，《钓矶立谈》里评价他"神采清粹，词旨清畅"。客观地说，他的整体素质更适合做一个名士或文人，但是阴差阳错，历史把他推上了皇帝的位置，于他于国，都不能说是幸事。李璟的治国理政才能远不如他的父亲，缺乏政治家的气魄和远见，他所重用的冯延鲁、魏岑、查文徽等人结党营私，又大力鼓吹拓土扩张，他居然心动，天福九年(944)五月，趁着东南邻国闽国发生内乱，派军前往，有心渔翁得利，结果却是大败而回；后来出兵伐楚，亦是重蹈覆辙，没有占到任何便宜，反而严重亏损了国力。显德三年(956)，后周皇帝柴荣率军南下，李璟派刘彦贞、李景达出战，仍然是一败涂地，全军覆没，万般无奈，只好遣使求和，南唐向后周称臣，割让淮南十四州，岁贡百万，李璟取消帝号，自称国主，使用后周年号。面对后周的强大压力，建隆二年(961)三月，李璟草率迁都洪州(今南昌)，不料提振民心的预想没能实现，反而惹得群臣怨声载道，人心失望，他既忧且悔，三个月后即病故，时年仅仅46岁。

李璟在位19年，治国方面乏善可陈，诗文创作方面的成就却是有目共睹,洵为名家。他传世的作品,只有两篇诗歌、四篇词作,但量少质佳,堪称精品,《浣溪沙》中的"细雨梦回鸡塞远,小楼吹彻玉笙寒"千古流传,脍炙人口。

李煜(937—978),字重光,初名从嘉,是李璟的第六个儿子。他出生后几个月,祖父李昪即废吴称帝。李煜天资聪颖,博览典籍,青少年时期全然无心国事,以艺术家自我期许。但是"无心插柳柳成荫",等他成年之时,五个哥哥夭折了四个,只有老大李弘冀还活着。显德五年(958)三月,李弘冀被立为皇太子。孰料第二年,李弘冀暴病而亡。帝位意外地落到了李煜的头上,建隆二年(961),他被立为皇太子,没过几个月时间,父亲过世,李煜在金陵登基为帝。得承大统不久,李煜立大司徒周宗的女儿周娥皇为后,又派户部尚书冯延鲁带了重礼北上,结好代周继立的北宋朝廷。

基因的力量是强大的,较之李璟,李煜更像是一个文化名流。他长得英俊潇洒,史书记载他"神骨秀异,目有重瞳","重瞳"即眼睛里有两个瞳孔,这是天生异相,历史上大舜帝、晋文公重耳、楚霸王项羽等皆有此相,世人视为神异。李煜工书善画,精通音律,具有多方面的艺术才能,亡国之际,他创作了《念家山》《念家山破》等乐曲,《雁门野说》中说"宫中民间日夜奏之,未及两月,传满江南",真正是不胫而走;李煜的书法作品有《春草赋》《八师经》《智藏道师真赞》等,气势不凡;李煜的美术作品有《自在观音相》《写生鹌鹑图》等九幅,栩栩如生,功力非凡。李煜的书画作品传世达百余年之久,备受颂扬,可惜全部亡佚于北宋末年的靖康之乱中,这是古代文化不可弥补的损失。

皇亲贵戚,帝王生涯,李煜的生活安乐奢华,锦衣玉食,悠哉乐哉。他和皇后的感情很好,可谓情投意合,周娥皇善弹琵琶,能歌善舞,还整理了大唐《霓裳羽衣曲》残谱,琴瑟和谐,夫唱妇随。令人遗憾的是,乾德二年(964),因为爱子夭折,周后哀痛过度,猝然病故,年仅29岁。乾德六年(968),李煜又把周后的妹妹册立为皇后,世称小周后。其实,在周娥皇病重期间,妹妹不时进宫探望,李煜和她日渐生情,频频约会,已然打得火热。日常闲暇,兴会之际,李煜泼墨挥毫,酣畅淋漓,写春花秋月,写佳期幽会,写歌舞声色,笔底的幸福浓得化不开。

可惜李煜不是闲云野鹤,吟风弄月绝不应该是他生活的重心甚或全部,他辜负了身负的责任,导致了悲剧性的生命结局。李煜在国事上少有振作,但求苟安而已,当政十多年间,对外一味屈膝讨好,不思发展国力、整顿军备、加强国防,把国家的希望全部寄托在赵匡胤的仁慈宽厚之上。林仁肇是南唐杰出将领,赵匡胤忌惮他受到重用,略施反间计,李煜便杀了林仁肇,可谓变相资敌,自毁长城。内史舍人潘佑忧心国事,痛心疾首,上疏劝谏,斥责李煜为亡国昏君,说他还不如夏桀、殷纣、东吴的孙皓。李煜见疏大怒,派人逮捕潘佑,潘佑不甘受辱,当场自刎身亡。潘佑在奏疏中荐举司农卿李平,认为他才堪大用,可任尚书令。李煜却听信奸小谗言,以结党营私的罪名,把李平逮捕治罪,不久李平就死在了狱中。治国无能,还偏听偏信,昏招迭出,国事混乱如斯,南唐覆灭的命运已然不可逆转。

开宝七年(974),宋太祖诏令李煜入朝觐见,李煜担心有去无回,坚决托病推辞,赵匡胤遂派兵攻打南唐。兵临城下,李煜派吏部尚书徐铉去拜见赵匡胤,赵匡胤一句"卧榻之侧,岂容他人酣睡",便粉碎了李煜仅存的那点幻想。宋军围城,李煜束手无策,"下令军民,皆诵救苦菩萨"。他带头虔心礼佛、吃斋,希冀感动上天,发生奇迹。奇迹没有发生,历史按照惯性发展,开宝八年(975)十一月底,李煜率领群臣素服出城投降,结束了15年的南唐国主生涯。南唐自李昇天福二年(937)开国,到李煜投降,国祚延续了40年,先后经历了先主李昇、中主李璟和后主李煜三世的统治,至此惨淡落幕。第二年正月,李煜被带到汴梁面见大宋皇帝,受封"违命侯"爵位,软禁居住。十月,赵匡胤去世,赵光义即位,是为宋太宗,改元太平兴国。宋太宗好色,时常召小周后入宫侍寝,李煜受到如此屈辱,却只能忍气吞声。太平兴国三年(978),赵光义派南唐旧臣徐铉去看望李煜,李煜对徐铉谈到后悔当日杀了忠臣潘佑、李平,徐铉据实汇报太宗,赵光义杀机已动。七月七日,李煜41岁生日,让跟随而来的南唐乐伎奏乐庆祝,声闻于外,太宗大怒,当日即派人用牵机药毒死了李煜。听闻李煜的死讯,赵光义假发慈悲,辍朝三日,又追赠李煜为太师、吴王,把他安葬在洛阳北邙山。

由帝王到囚虏,李煜经历了人生的巨大反差,屈辱自承，有苦难言，反映到他的词作，内容一改前期的奢靡愉悦，由云端陡然跌落泥涂尘垢之中，充满了哀叹、悲鸣与绝望。"国家不幸诗人幸"，痛苦和屈辱成了李煜文学创作内在质变与境界提升的催化剂，囚居汴梁的三年，李煜的创作，王国维在《人间词话》中揭示得最为明确："后主之词，真所谓以血书者也。"其情其语，凄凉无奈，刻骨铭心，感人肺腑。"流水落花春去也，天上人间"，寻常景物，平平道来，却让人哽咽难禁；"小楼昨夜又东风，故国不堪回首月明中"，含泪无语，仿佛轻声的叹息，却沉痛得令人喘不过气来。晚期的惨痛生活成就了李煜词的高度与深度，明代胡应麟《诗薮》说李煜"乐府为宋人一代开山"，其背后却深藏着几多憾恨，几许耻辱，所谓蚌病成珠，不知世上几人能够会得其中意。

李璟的著作流传下来的很少，也从未见书目有过著录。《全唐文》辑有他十二篇文（后管效先编《南唐中主集》又增入五篇，共十七篇，但未必可信），《全唐诗》收有他一首律诗、一首古诗和少量残句，他的词也只有四首收在宋人所编《南唐二主集》中。李煜的作品则流传较多，据徐铉为其所作的《墓志铭》说，有《文集》三十卷、杂说百篇，可惜在北宋便已有散失，《崇文总目》和《宋史·艺文志》都只著录了一个十卷文集和一卷诗集。到了明代，李煜的十卷集子除陈第《世善堂藏书目录》尚见著录外，便没有了任何踪迹可寻。清人在各种文献中辑出了他十二篇文、十八首诗及一些残句（见《全唐文》《全唐诗》），但亡佚的数字大概要比这些残存的数字大得多。只有他的词三十三首,收在《南唐二主词》中,基本完好地保存下来了。

《南唐二主词》一卷,最早见于南宋陈振孙《直斋书录解题》卷二十一,陈振孙说:"中主李璟、后主李煜撰。卷首四阕,《应天长》《望远行》各一、《浣溪沙》二,中主所作,重光(李煜)尝书之,墨迹在盱江晁氏,题云:'先皇御撰歌词。'余尝见之,于麦光纸上作拨镫书,有晁景盱题字,今不知何在矣。余词皆重光作。"据王国维考证,这部《南唐二主词》成书于南宋绍兴(1131—1162)初,这些词大概辑自墨迹《尊前集》及各种选本、笔记、杂著,虽然尚有遗漏,但它却是保存李璟、李煜词最多,而且又流传至今的唯一本子了。这个本子的宋刻本今已不存,现在可以看到的最早的版本有明万历四十八年(1620)常熟吕远墨华斋刻本、吴讷《唐宋名贤百家词》本、李西涯辑《南词》本(有知圣道斋抄本)及毛晋汲古阁钞本等。清康熙二十八年(1689)侯文灿《十名家词集》本内亦有《南唐二主词》一卷。光绪年间金武祥辑刻《粟香室丛书》,复刻侯文灿《十名家词集》本中的《南唐二主词》。光绪十六年(1890)刘继曾编成《南唐二主词笺》,光绪二十年(1894)硃印数十部,后书版亡失,民国七年(1918),又由无锡公立图书馆排印问世。此后,又有王国维据《南词》抄本校补本,宣统年间刻入"晨风阁丛书"。

本书收录李璟、李煜父子传世可信的全部成篇词作,包括李璟词作四首、李煜词作三十四首,包括一些残篇、残句,力争展现二主词的全貌。全书体例是先述列原文,其下为注释,包括异文与词语含义,之后是对词作的赏析。因水平有限,书中难免有错讹之处,在此敬祈读者批评指正。

刘立志

目　录

李璟词四首

应天长^①·一钩初月临妆镜

一钩初月临妆镜,蝉鬓^②凤钗^③慵不整。重帘静,层楼迥,惆怅落花风不定。

柳堤芳草径,梦断辘轳^④金井^⑤。昨夜更阑^⑥酒醒,春愁过却^⑦病。

注释

①应天长:词牌名,又名《应天长慢》《应天长令》《应天歌》《秋夜别思》《驻马听》。以唐代韦庄《应天长·绿槐阴里黄莺语》为正体,双调五十字,前后段各五句、四仄韵。另有双调四十九字,前段五句四仄韵,后段四句四仄韵等变体。代表词作有宋代周邦彦《应天长·条风布暖》等。

②蝉鬓:古代妇女的一种发式,两鬓薄如蝉翼。《阳春集》《近体乐府》《词律》《词谱》作"云鬓"。

③凤钗:古代妇女的头饰,钗头作凤形。

④辘轳:架在井上汲水的起重装置。

⑤金井:井栏有精美雕饰的井,此处指宫廷园林中的井。

⑥更阑:更深夜残。

⑦过却:胜过,超过。

赏析

这首词写一个女子伤春怀人的愁绪。起首两句,先勾画主人公的肖像:一位身份尊贵的女子,眉如初月,发髻蓬乱,对着镜子顾影凝愁,却又无心梳理。虽然对主人公的情绪未着一字,也尚未说明她的经历,但已让人明显地感受到了她心中千丝万缕的情绪。接着"重帘""层楼"二句,点出了主人公所处的闺深人静、层楼深迥的环境。上阕三句描写的情景与宋代张先《天仙子》中"重重帘幕密遮灯,风不定,人初静,明日落红应满径"所呈现的内容很是相似,但相比之下,李璟此句用笔凝练得多,语气较为舒缓,且从所营造的意境来看,张先的"静"是人声渐息的静,是自己主动寻求的静,而李煜笔下主人公的"静"似乎是与世隔绝的、牢笼一般的静。这绝对的安静,烘托出主人公的孤寂,而窗外风吹花落,更是引发了她内心的哀怨与愁情。花随风去,自己的青春韶华又何尝不是如此?清代陈廷焯评论道:"'风不定'三字中有多少愁怨,不禁触目伤心也。"

上阕都是对现实中的情景进行细致的刻画,是实写;下阕则通过虚写梦境、回忆,使词的意境变得更加深远。首句"柳堤芳草径",明媚的春景一扫上阕的阴郁气氛,似乎一切又都有了转机,然而紧接着笔锋突转,井边的辘轳汲水之声打断了她的美梦——原来这一切都只是梦!这时再回味这句话,便隐约看见一对携手并肩的恋人或夫妻,亲密而愉悦,漫步于这柳荫芳草之中,梦中的温馨画面与现实世界形成强烈对比,更是进一步反衬出主人公此刻处境之凄清、内心之愁怨。结句追忆昨夜借酒浇愁,可夜深酒醒之时,自己的春愁却不减反增,甚于生病。虽然经过上面层层的铺垫,女主人公的愁恨已经了然,但这里直言愁绪之深,还是给人以迎面一击般的震动。

整首词通过对女主人公外貌的刻画、环境的描写烘托、美好回忆的反衬,以及最后的直抒愁绪,多手法、多角度地展现出主人公的伤春怀人的情感。另外,这首词的结构安排也很巧妙:由早起梳妆至美梦惊断,再到昨夜独饮,次第追叙,首尾紧密相连,给出了主人公神情恹恹的原因——正是由于昨夜酒醒愁多,加之梦与现实的巨大反差,今早才会如此憔悴而又无心梳洗。这样首尾呼应,使整首词的完整性得到提升,在内容上也更加有韵味。

如果结合作者的身世经历来看,真正哀怨感伤的其实是作者李璟。他是善良率真的词人,也是软弱无能的帝王。面对后周的咄咄逼人之势,他"自固偷安之计",一味妥协退让,从潇洒自在的一方帝王,逐渐沦落为任人宰割的附庸国主,其中的滋味,只有他自己最体会得出。在这种背景下,再读李璟的几首词,无一不是通过词中主人公的愁,曲折地写他自己的愁,词中的男女情事,也变成了李璟对家国未来的无限愁绪了。

望远行①·玉砌花光锦绣明

玉砌②花光③锦绣明,朱扉④长日镇⑤长扃⑥。余寒⑦不去寝难成,炉香烟冷自亭亭⑧。

辽阳月⑨,秣陵⑩砧⑪,不传消息但传情。黄金窗⑫下忽然惊:征人归日二毛⑬生!

注释

①望远行:望远行,唐教坊曲,后用为词牌。以南唐李璟词《望远行·碧砌花光照眼明》为正体,双调五十五字,前段四句四平韵,后段五句四平韵。另有双调五十三字,前段四句四平韵,后段五句四平韵等变体。代表词作有宋代柳永《望远行·绣帏睡起》等。

②玉砌:台阶的美称。

③花光:鲜花烂漫明丽。

④朱扉:红漆门。

⑤镇:常常,永久。

⑥扃:门闩,此处用作动词,意为关闭。

⑦余寒:一作"夜寒"。

⑧亭亭:此处形容炉烟升腾的样子。

⑨辽阳:古称襄平、辽东城,今辽宁省辽阳市一带,此处泛指边陲。辽阳月:一作"残月"。

⑩秣陵:秦汉时期称南京地区为秣陵。秦始皇东巡,以金陵有帝王气之嫌,遂改"金陵"为"秣陵",意为草料场。

⑪砧:捣衣石,此指捣衣声。

⑫黄金窗:黄金之窗,言其居所华美。一说指阳光照射窗台,其色如黄金。

⑬二毛:头发斑白。

赏析

这是一首闺中怀人词。上阕为实写,玉砌朱扉、花光锦绣,富丽的居所加上明媚温馨的景色,正堪游乐。但面对如此美景,主人公却朱门紧闭,毫无兴致,其心情不言而喻。"长日"一词,除了展现主人公在漫长白昼中内心的煎熬,也暗示主人公美好的青春韶华在煎熬中慢慢消逝了。日间的时光已是百无聊赖,当寒夜降临,随着炉烟袅袅向上,香炉逐渐熄灭冷却,但女子依然辗转难眠,只能在幽暗的夜色中,一点一点地等待着明天的到来。这是何等的寂寞与煎熬?而寒夜、冷烟也不仅仅是现实世界的寒冷,更是女子内心世界的凄凉。上阕用了空间与时间交织的手法,从门外到门内,从白昼到深夜,勾勒出一个独居深闺的贵妇形象,至于她为何会饱经煎熬,为何会长夜不眠,尚未明晰,但可以肯定的是,女子的内心一定比那寒夜、冷烟更加的寒冷凄清。

上阕单写女子一面之情景,下阕始两面兼写。起首"辽阳月,秣陵砧"看似毫无关联,但古人有月下捣衣之俗,故此处秣陵传来阵阵砧声,女子不禁联想到,这月光之下,征人所在的辽阳此时如何呢?他是否能够安然入眠?他的衣服是否也能够按时换洗？女子捶打清洗衣物，想到独居的落寞，思念外出服役久久未归的丈夫。相隔千里的辽阳与秣陵，似乎也被这月下砧声连接起来，对心上人的思念，也通过这砧声传递到了远方。正如高适的《燕歌行》"少妇城南欲断肠，征人蓟北空回首"，妇人与征人虽各在一方，但对彼此的思念都是深切的，难以掩抑的。不知过去了多少个这样的夜晚，某一天清晨醒来，阳光将窗台染得金黄，自己窗下对镜，猛觉自己已青春不在，等到征人重归，自己恐怕都已青丝成雪了吧。"忽然惊"三字非常传神，记录了她长期淡然寡味如白水的生活后，最终引起她心底陡然发生的强烈震动。"征人归日二毛生"还隐含着夫君白发归来的憾恨，夫妻鬓发斑白，蓦然聚首，久别对视，恐怕会恍若梦寐，有惊喜，也有悲哀，绝不是单纯欢乐二字所能涵盖的。这沉痛的梦境分明尖锐刺人，梦醒来后的女子久久难以摆脱那份压抑的情绪，令人不禁心生同情。

　　词中以生动具体的物象来一层层表现主人公曲折复杂的心境，充满了生活气息，也使人感到其真实的情感，不至于落入虚无缥缈的境地。

山花子^①·手卷真珠上玉钩

手卷真珠^②上玉钩^③，依前春恨锁重楼。风里落花谁是主，思悠悠。

青鸟^④不传云外信，丁香空结^⑤雨中愁。回首绿波三峡^⑥暮，接天流。

注释

① 山花子：唐教坊曲，亦名《添字浣溪沙》《摊破浣溪沙》《感恩多》，因中主有此词，又名《南唐浣溪沙》。

② 真珠：真珠帘。一作"珠帘"。

③ 玉钩：玉制的帘钩。

④ 青鸟：神话传说中为西王母传递消息的信使。《太平清话》云："青鸟形如鸠鸽，红顶长尾。"

⑤ 丁香空结：丁香的花蕾叫丁香结，此处以丁香花蕾含苞未放，象征内心的郁结。

⑥ 三峡：一作"春色"，又作"三楚"。

赏析

首句卷帘上钩，这一动作看似平常，但推求其意，似乎是心中有所郁结，希望借窗外之景以消遣，转移注意力，摆脱愁苦郁闷。这便为下文的抒情起了铺垫作用。次句紧承首句，"依前春恨"道出之前远眺的原因是为春恨所苦，同时也给出了远眺后的结果：消遣无用，春恨依然！字句之间,透露着内心的不堪忍受却又无可奈何。两句一开一合,互为因果,构成了情感上的回旋上升。"锁"字化虚为实,无形无迹的春恨笼罩着主人公,如同枷锁一般,将她深锁在这重楼之中,令人压抑、郁闷。起首两句为全词定下了基调,下文也由"春恨"展开铺陈。帘外春红随风飘落,寂寞无主,这和自己红颜迟暮、爱人远去的现状不是别无二致吗?这又不禁引起了她的悠悠遐思,将词的意境推向更深远的时空。

下阕紧承上阕"思悠悠"而来,云外的远人思而不得见,云外之信同样久久不至,深切的思念都转化为了哀伤失落。此时,又见窗外暮雨淅沥,丁香不展,更是给本就郁结的内心又增添了些许愁绪。"丁香"一句化用了李商隐诗《代赠二首》(其一)中"芭蕉不展丁香结,同向春风各自愁",只不过此诗以春风反衬,中主则以迷蒙细雨正衬,各尽其妙。而一个"空"字,则更将主人公内心的空虚寂寞展现得淋漓尽致。哀怨、忧愁、思念交织于心,她不禁将目光从楼前微雨丁香转向金陵城外,只见暮色沉沉,江水滔滔,逆江看去,仿佛看到了远方的三峡,更仿佛看到了那渺不可见的水天相接之处。滔滔江水不绝,而这悠悠之恨,又何时能已!太白有诗云"请君试问东流水,别意与之谁短长",直白显露,中主的此句却是欲言又止,颇为蕴藉,完全吻合女子的身份,我们能够想见女子迷离恍惚目光之中的那份惆怅,弥漫心头,忘不能,散不开。

中主词长于融情于景,此篇即是代表作。整首词情景紧密交融，虚与实、远与近不断相替，跌宕起伏而又气脉贯通，又加以清俊的词句、开阔的意境，无怪乎唐圭璋先生称之为"词中神品"。

山花子·菡萏香销翠叶残

菡萏①香销②翠叶残,西风愁起绿波③间。还与韶光④共憔悴,不堪看。

细雨梦回鸡塞远⑤,小楼吹彻⑥玉笙寒。多少泪珠无限恨,倚阑干⑦。

注释

①菡萏:荷花的别称。

②销:通"消",消失、消散。

③绿波:一作"碧波"。

④韶光:春光,青春岁月。一作"容光",指人的容光。

⑤鸡塞远:或作"清漏永","清漏"即清晰的滴漏声,代指时间。鸡塞:即鸡鹿塞,汉时北边要塞,一说在今内蒙古自治区,一说在今陕西横山区西,此处泛指边塞。

⑥吹彻:吹完最后一曲。

⑦阑干:即栏杆。

赏析

词作开篇就描绘了夏末秋初时特有的几种景物,荷花败落,荷叶凋零,间以瑟瑟西风,绿波微泛,一派萧索衰败的景象。独见此景,主人公的愁绪也不免涌上心头。王国维盛赞此句,评其"大有众芳芜秽、美人迟暮之感"。"还与"二句,触景伤情,见到这衰败之景,主人公不禁想到,自己美好的青春年华恐怕也与它们一同憔悴、衰败了吧。接着，"不堪看"三字，笔力千钧，沉郁凄然，传神地展现出主人公在被这眼前之景触动后，不愿也不忍接受自己韶华渐逝的现实。但眼前之景可以不看，内心的思绪真的会就此停止吗？

从下阕来看，答案是否定的。夜幕降临，濛濛细雨又增添了几分寒意，怅然入梦，终于见到了远在边塞的征人。可相聚时短，好梦不长，寒夜中惊醒，思妇独处小楼，梦中的欢愉又变成眼前的凄凉，她只好将自己的苦思与深悲付诸玉笙，化作低沉的旋律，在小楼中回荡。至此，已足见思妇内心的悲伤、愁苦，但从全词来看，此二句之前都只是渲染意境，直到最后"多少泪珠无限恨"，凝结于心的无限悲恨才一泻而出，动人心弦。最后，以"倚阑干"作结，将无限之恨轻轻收住，言虽尽而意无穷，有一种邈远含蕴的余味。

本首词佳句频出，为中主名作，尤其是"细雨梦回鸡塞远，小楼吹彻玉笙寒"二句，历来备受推崇，王安石以为造意胜过李煜"一江春水向东流"一语。虽然此二句描写的对象也只是思妇对征人的思念，但其炼字和情景塑造很是高妙——古典温婉的金陵，一位女子独自吹笙楼中，而窗外雨打残荷，恍如一幅描绘烟雨江南的水墨画卷。所以，必须两句合看，才能体会到意境之凄迷。关于此二句，还有一段故事《南唐书·冯延巳传》载："元宗乐府词云'小楼吹彻玉笙寒'，延巳有'风乍起，吹皱一池春水'之句，皆为警策。元宗尝戏延巳曰：'吹皱一池春水，干卿何事？'延巳曰：'未如陛下"小楼吹彻玉笙寒"。'元宗悦。"虽然冯延巳作为臣子，不免过誉,但也可见此二句在中主词中的独特地位。北宋秦观的《如梦令·春景》"指冷玉笙寒,吹彻小梅春透"句,正是从中主此词化出。

《南唐书·王感化传》:"王感化,善讴歌……(元宗李璟)尝乘醉命感化奏《水调》词,感化唯歌'南朝天子爱风流'一句,如是者数四。元宗辄悟,覆杯叹曰:'使孙、陈二主得此一句,不得当衔璧之辱也!'感化由是有宠。元宗尝作《浣溪沙》二阕,手写赐感化,曰'菡萏香销翠叶残……''手卷珠帘上玉钩……'"

李璟的两首《山花子》具体创作时间难以详考,但从这段史料可以推测,它们的创作时间大体相当,所表达的也绝不仅仅字面所展示的秋悲春恨、离愁别绪,也非李璟对个人荣华得失的忧虑,而是作为一国之主的他对国家前途命运的深深忧虑与感伤。那"风里落花",不就是当时日渐衰弱、风雨飘摇的南唐小国吗?那哀愁、无奈的思妇,不正是他自己的真实写照吗?也正是这样,中主李璟才会发出"多少泪珠无限恨"的悲叹吧。

李煜词三十四首

虞美人①·春花秋月何时了

春花秋月何时了？往事知多少。小楼昨夜又东风,故国不堪回首月明中。

雕栏玉砌②应犹③在,只是朱颜改④。问君⑤能⑥有几多愁?恰似一江春水向东流。

注释

①虞美人:词牌名,又名《一江春水》《玉壶水》《巫山十二峰》等。以南唐李煜词、五代毛文锡词为正体,李词为双调五十六字,前后段各四句,两仄韵、两平韵;毛词为双调五十八字,前后段各五句,两仄韵,三平韵。另有五十六字两仄韵两平韵,五十八字五平韵,五十八字前段五句五平韵,后段五句两仄韵三平韵的变体。代表作有李煜《虞美人·春花秋月何时了》《虞美人·风回小院庭芜绿》等。

②雕栏玉砌:雕有纹饰的栏杆和玉石砌成的台阶,代指华丽的宫殿,此处指远在金陵的南唐故宫。

③应犹:一作"依然"。

④朱颜改:指南唐故国易主,不再属于自己,也指自己已经老去。或以为指所怀念的人已衰老。

⑤君：作者自称。

⑥能：或作"都""那""还""却"。

赏析

"作个才人真绝代，可怜薄命作君王"这句话是对李煜一生最贴切的概括。作为南唐后主，李煜政治上几乎毫无建树，但作为词人，他被王国维评为"变伶工之词而为士大夫之词"的转折点，对词的发展有着不可磨灭的贡献。李煜一生留下了许多千古传诵的经典作品，《虞美人》便是其中最杰出的代表。

全首以问起，以答结，以悲愤的情怀、激荡的格调，写尽亡国之君的哀痛。首句即以奇问劈空而下：花开花落，月圆月缺，何时才能完尽？但从李煜的角度，奇语其实并不奇。入宋为俘后，他每日唯泪洗面，生活完全笼罩在无尽的悲伤与绝望之中，自然就厌倦这春花秋月之无休无尽。这种时候，他又如何能不回忆起他的南唐故国、在他的金陵帝王州做君主时那数不清的美好往事呢！"小楼昨夜又东风"，一个"又"字，与首句"何时了"紧密呼应，都是表示对眼前已然生厌，这也为下一句的转折做好铺垫。正如无尽的春花秋月让李煜想起"往事"，这一年又一年的春风，也不禁勾起他对故国的思念，"故国不堪回首月明中"正是他心中深挚的亡国之恨。虽然他在政治上无所作为，但敦厚善良的他的的确确深爱着他的"四十年来家国，三千里地山河"，可如今都已化为乌有了，这让他怎堪回首？往日君临天下，今时因居小楼,有若天翻地覆,繁华与憔悴,开怀与郁闷,今昔的巨大对比中,他不禁感慨,那华美的宫殿楼阁应该都还在吧,只不过它的主人已经不再是我了。"只是"二字看似云淡风轻,实则是对物是人非的无限怅恨,有留恋,有痛悔,有沮丧,有屈辱,有怨愤。种种悲情不断积蓄,最后终于奔腾而下,如同金陵城旁那源源不断的一江春水,滚滚东去。

最后"问君能有几多愁,恰似一江春水向东流"二句,意境开阔,感染力强,故得千古传诵。以水喻愁,非始于李煜,如白居易《夜入瞿塘峡》的"欲识愁多少,高于滟滪堆"、刘禹锡《竹枝词》的"水流无限似侬愁"等,但此为词家意所不难及,未必相互沿用。不过,李煜的"春江东流"不管是气势还是意境上,都胜过一筹。此句一出,以"春江""春水"等喻"愁"也流行开来,如欧阳修《踏莎行》的"离愁渐远渐无穷,迢迢不断如春水",秦观《江城子》的"便做春江都是泪,流不尽,许多愁"等,明显是受到此二句的影响,而贺铸《青玉案》的"试问闲情都几许?一川烟草,满城风絮,梅子黄时雨",颇得此句神韵。

据宋代王铚《默记》记载,后主因七夕时命歌妓作乐,被宋太宗闻知,此时又传出这首《虞美人》,怒其有"故国之思",乃以药毒杀之。如此看来,这首《虞美人》当是李煜的绝命词,而作为末代君主,以这样的方式了结生命,也算是死得其所了。

乌夜啼①·昨夜风兼雨

昨夜风兼雨,帘帏②飒飒秋声。烛残漏断③频欹④枕,起坐不能平。

世事漫⑤随流水,算来梦里浮生⑥。醉乡路稳宜频到,此外不堪行。

注释

①乌夜啼:词牌名,又名《圣无忧》《锦堂春》《乌啼月》等。以李煜《乌夜啼·昨夜风兼雨》为正体,双调四十七字,前后段各四句、两平韵。另有双调四十八字,前后段各四句、两平韵;双调五十字,前后段各五句、两平韵变体。代表作品有宋代陆游《乌夜啼·纨扇婵娟素月》等。

②帘帏:帘幕。

③漏断:古人以漏壶为计时的器具。滴水之声已断,指夜深。

④欹(qī):歪斜。

⑤漫:徒然,枉然。

⑥浮生:以人生在世,虚浮不定,故称人生为"浮生"。

赏析

这首词写作者内心之烦闷愁苦,但对愁闷的原因只字未提,不过从此词的内容风格以及李煜的生平来看,大抵是其生涯后期的作品。

上阕头两句写秋夜风雨交加,帘幕随风而动,飒飒有声,渲染出凄清的气氛,同时也反衬出人的寂静。这样的情境本已让人心生寒意,而后两句写烛残夜深,作者却仍然辗转反侧、难以入眠,以至于最后干脆就坐了起来,想要以此平复一下心绪,可结果还是"不能平"。一个"频"字便直接将作者辗转难眠的情景真实地展现出来。上阕通过对环境的渲染烘托以及细节的描写,充分展现出后主的抑郁填胸之苦。

下阕转入抒情,全为虚写,无一实物。世间的是非成败,最终也只不过如同流水一般逝去,又算得了什么呢?而回头细数自己所经历的那些事,也甚觉恍然如梦。流年似水,浮生若梦,古往今来大抵都会有这样的感叹,由经历人生巨变的李煜说出,更是多了几分沧桑。李煜善用虚词,如《虞美人》中"雕栏玉砌应犹在,只是朱颜改",《乌夜啼》中"无奈朝来寒雨晚来风""自是人生长恨水长东",皆是名句。此处的"漫"和"算来"二词,也增添了许多失落、虚无之感,是万般无奈之后的消极意绪,隐含着亡国被掳的深沉慨叹。最后,作者借酒浇愁,并说"此外不堪行",说明作者已经尝试过很多解愁的方法,但都未奏效,只能这样麻痹自己。"醉乡路稳",更是对残酷的现实世界的揶揄,也饱含作者的无可奈何。而又以"频"字,反映出作者对现实愁苦的不堪忍受,只想时刻醉卧梦乡,以忘却这带给他无限悲苦的现实世界。

在写作手法上,此词具有后主词的显著特点。上阕实写昨晚辗转难眠的情形,朴素自然,近于白描;下阕抒情,无具体事物,但又将自己的愁闷充分展现出来。整首词的关注点全在自己的内心感受,不用典,不雕琢,如大白话,于朴素中见真情,体现作者深厚的语言功力。

一斛珠①·晓妆初过

晓妆初过②,沉檀③轻注些儿个④。向人微露丁香⑤颗。一曲清歌,暂引樱桃破⑥。

罗袖裛⑦残殷色可⑧,杯深旋被香醪⑨浣⑩。绣床斜凭娇无那⑪。烂嚼红茸⑫,笑向檀郎⑬唾。

注释

①一斛珠:词牌名,又名《醉落魄》《怨春风》《章台月》等,原为唐代教坊曲名。以李煜《一斛珠·晓妆初过》为正体,双调,五十七字,前后段各五句、四仄韵。另有双调,五十七字,前后段各五句、四仄韵等变体。代表作品有宋代苏轼《一斛珠·洛城春晚》等。

②晓妆初过:早晨起床打扮梳洗完毕。晓,一作"晚"。

③沉檀:一种妇女妆饰用的颜料,唐、宋时妇女闺妆多用它,或用于眉端之间,或用于口唇之上。沉:带有润泽的深绛色。檀:浅绛色。

④些儿个:俗语词,些许。

⑤丁香:又名鸡舌香、丁子香。其种仁由两片形状似鸡舌的子叶抱合而成,故借喻女子的舌头。

⑥樱桃破:指女子张开娇小红润的口。

⑦裛(yì):香气熏染侵袭。

⑧可:隐约。

⑨香醪(láo):美酒。

⑩浼(wò)：浸渍,沾染。

⑪无那：犹无限。

⑫红茸：一本作"红绒",刺绣用的红色丝缕。

⑬檀郎：西晋潘岳是个美男子,小名檀奴,后因以"檀郎"为妇女对夫婿或所爱慕的男子的美称。

赏析

这首词通过对女子之口的细致生动的描写,展现了女主人公与心上人之间的浓情蜜意。"晓妆"二句,说女主人公大致化好妆后,又着意在唇上轻轻点一层深红色的唇膏。这一动作,既体现了她对这次妆容的重视,也将描写的焦点集中到女子的"口"上。第三句写女子妆画好之后,调皮地对着心上人轻轻吐了下舌头,这一细节描写,一下就把女子的形象写活了,展现了她的活泼可爱,也可看出女子与男子之间的亲密关系。四、五两句写女子唱歌的情形。此二句的精彩之处在于,唇动歌声出,本是一事,但两句之中所施一"引"字,则使得听觉与视觉之间有了时间上的层次感。"罗袖"二句写女子纵酒的场景,一通畅饮之后,衣袖上隐约沾了些殷红而芬芳的美酒,原先身上的香气也所剩无几了。至醉意酣然,女子更是放诞不拘,于是出现了最后三句的画面。这三句话把女子的妩媚、撒娇、眉目传情、艳冶灵动刻画得活灵活现,通过这几个动作,直接体现了女子与心上人之间的无猜无间。明代杨孟载《春绣》的"闲情正在停针处,笑嚼红绒唾碧窗"当即化用此句。词中数用俗语,如

"些儿个""可""无那""烂嚼""檀郎",这使得整首词洋溢着浓郁的生活气息,对女主人公活泼可爱的人物形象的塑造起到了很好的作用。

就此词的内容来看,应当是李煜早年的作品。有学者认为,这首词是李煜对自己真实生活的描写,而与其关系如此亲密的只有大周后与小周后。史料中,大周后活泼娇媚,小周后端庄娴静,所以这里的女主人公就是指大周后。此说也不无道理,若非亲闻亲见,怎能把女子的服饰、音容都描写得如此生动传神、荡人心魄?二人恩爱亲密如此,也无怪乎大周后娥皇去世后,李煜陷入深深的悲痛和怀念之中了。

子夜歌^①·人生愁恨何能免

人生愁恨何能免,销魂^②独我情何限^③! 故国梦重归,觉来双泪垂。

高楼谁与上? 长记秋晴^④望。往事已成空,还^⑤如一梦中。

注释

①子夜歌:又名《菩萨蛮》《梅花句》《巫山一片云》等,原为唐教坊曲名,后用作词牌。

②销魂:灵魂离开肉体。形容极其愁苦。

③何限:无限。

④秋晴:晴朗的秋天。这里指过去秋游的欢乐场景。

⑤还:仍然。

赏析

这首词同《虞美人·春花秋月何时了》一样,写对故国的思念,对往事的不堪回首,以及自己的无限愁情。

起首二句由悲叹、感慨而入,用直白的方式抒发胸中的愁恨:古往今来,有谁能免遭愁恨之苦? 但只有我伤心不已悲情无限! 言外之意,一般人的普通愁恨还能忍受,而自己的悲痛已经到了无法忍受的程度。"独我"一词,饱含着作者的自我哀怜。销魂之苦已然不堪承受,更何况是只有自己一人如此。"故国"二句,一开一合,言梦中重归故国,醒来不禁伤心垂泪。宋代王铚《默记》载:"(李国主)与金陵旧宫人书云:'此中日夕,只以眼泪洗面。'""觉来双泪垂"就是这种状态下的真实写照。一个"重"字,体现了他已经不是第一次梦见回到南唐、回到金陵了。昔日的繁华欢愉与今日凄凉孤独的巨大反差,让他怎能不黯然神伤?

下阕进一步申述对故国往事的怀念。虽然故国不堪回首,可每当独上高楼之时,还是会想起昔日秋高气爽之时与人登高望远的情景。那些曾与自己同上高楼的人如今又在何方呢?没有了那些人,如今自己还能与谁共赏这清朗的景色!这里再一次用今昔之对比,来展现自己当下的悲凉处境。日有所思,夜有所梦,正是因为平日里不绝如缕的怀念,南唐故国才会不断在梦里出现。可那一切的美好往事都早已随风飘去,现在回想起来,也只如同一场大梦罢了。这也深刻得体现出作者内心的无奈与凄苦。

全词以"梦"为中心,从梦归故国的悲伤,到故国如梦的悲叹,结构上呼应的同时,也是情感的升华,更让人感受到作为亡国君主李煜的无限销魂!而这样沉重的感情,在李煜的笔下却表达得流畅自然,不假雕饰,真挚动人。

临江仙^①·樱桃落尽春归去

樱桃^②落尽春归去,蝶翻金粉^③双飞。子规^④啼月小楼西,画帘珠箔^⑤,惆怅卷金泥^⑥。

门巷寂寥人去后,望残烟草低迷。炉香闲袅凤凰儿^⑦,空持罗带,回首恨依依。

注释

①临江仙:词牌名,原为唐代教坊曲名。又名《谢新恩》《雁后归》《画屏春》《庭院深深》《采莲回》《想娉婷》《瑞鹤仙令》《鸳鸯梦》《玉连环》。格律俱为平韵格,双调小令,字数有五十二字、五十四字、五十八字、五十九字、六十字、六十二字六种。此调唱时音节需流丽谐婉,声情掩抑。代表作有宋代苏轼《临江仙·夜饮东坡醒复醉》、宋代李清照《临江仙·庭院深深深几许》、明代杨慎《临江仙·滚滚长江东逝水》等。

②樱桃:指樱桃花。樱桃,初夏结实,因莺鸟所含食,故名含桃、莺桃,汉代始称樱桃。古代有帝王以樱桃献宗庙的传统,《礼记·月令》载:"仲夏之月,天子以含桃(樱桃)先荐寝庙。"

③金粉:本意指妇女装饰用的金钿和铅粉,此处借指蝴蝶的翅膀。

④子规:杜鹃鸟的别名。传说为失国蜀帝杜宇的魂魄所化,常在月夜啼叫,啼声凄切,使人有思归之心。

⑤画帘珠箔：画帘，有画饰的帘子。珠箔：珠帘。《耆旧续闻》《词综》《词苑丛谈》《历代诗馀》《词林纪事》作"玉钩罗幕"。

⑥金泥：用于装饰涂抹的金屑，此处指用金屑装饰的珠帘。"卷金泥"一句《耆旧续闻》《词综》《词苑丛谈》《历代诗馀》《词林纪事》作"暮烟垂"。

⑦凤凰儿：指绣有凤凰图案的丝织品。

赏析

开宝七年（974）十月，北宋出兵攻打金陵，次年十一月城破，南唐灭亡。相传此词为李后主在城围时所作，一个"恨"字贯穿全文。国难当头，宗庙不保，樱桃难献，李煜追悔莫及。

上阕首句由外景切入，"樱桃落尽春归去"令人无限伤感。随着樱桃花的凋零，春天走到了尽头，曾经奢华的帝王生活也将不再重现。次句以乐景写哀情，粉蝶无知，双飞取乐，眼中所见的活泼欢快，反衬出词人内心的孤苦无奈，加深了其悔恨之情，若非你昔日沉迷歌舞声色，在国危之际只诵佛不绝，怎落得如今的境地？紧接着"子规啼月小楼西"点明时间，并进一步推进情感。子规，相传为蜀国失国之帝杜宇的魂魄所化，此处或是亡国的预言。夜深露重，愁思纷扰，凄切的啼声使得词人难以入眠。"画帘珠箔，惆怅卷金泥"将视线由外转内，然而时空的转移依然无法抹去词人的愁怨。画帘、珠箔、金泥，一切的奢华都变得毫无意义，惆怅在肆意蔓延,目之所及都染上了难遣的情怀。

"门巷寂寥人去后",下阕起首即是"寂寥",承上阕"惆怅"而来,夜幕低垂,人群散去,仿佛偌大的世界独我一人,孤苦无助的形象跃然纸上。"望残烟草低迷",一方面将"寂寥"赋予了更鲜活的内容,将情绪具体化;另一方面也是由外景到内景的转折点,窗外已望无可望,不如转向室内。可室内也无欢娱可言,甚至比"门巷"更为"寂寥"。"炉香"本为宫廷常事,在此"闲袅"与"空持"对比强烈,炉中香烟缭绕着缓慢上升,美人空持罗带满面愁容,词人回首昔日一片繁华灿烂,轻松而愉悦,眼前却是身为囚虏,寂寥而屈辱,让人如何不"恨依依"呢? 全词最后一句当是词眼,一个"恨"倒贯全篇,拈出心中的无奈与凄凉,末日君主不得不向"红日已高三丈透"(《浣溪沙》)、"春殿嫔娥鱼贯列"(《玉楼春》)这般富贵荣耀、尽享欢愉的生活做最后的告别了。苏轼题云:"凄凉怨恨,真亡国之声。"

全词意境皆由"恨"生,并由"恨"止,通过春尽时的景物,引出自己难堪的情状。内容上巧于用典,颇具特色,写法上内外结合、时空转换自然,以景传情,直抒胸臆却不失含蓄。梁启勋《词学》有云:"真可谓亡国之音,然又极含蓄蕴藉之致。"陈廷焯在《别调集》中评价其"低回留恋,宛转可怜,伤心语,不忍卒读",足见李煜之词感人深切。

望江南①·多少恨

多少恨,昨夜梦魂中。还似旧时游上苑②,车如流水马如龙③,花月正春风。

多少泪,断脸复横颐④。心事莫将和泪说,凤笙⑤休向泪时吹,肠断更无疑。

注释

①望江南:词牌名,原名《谢秋娘》,乃唐代宰相李德裕为悼念爱妾谢秋娘所作。后白居易作此牌,末句云:"能不忆江南?"因改名《忆江南》。又刘禹锡词首句为"春去也",因名《春去也》。又皇甫松有"闲梦江南梅熟日"句,复名《梦江南》《望江梅》。

②上苑:又称上林苑,皇家园林。古代帝王游猎的场所,其中饲养禽兽,种植林木。这里指南唐的御花园。

③车如流水马如龙:车马络绎不绝,形容游乐盛况。

④断脸复横颐:脸上泪水纵横交流。颐:脸颊。

⑤凤笙:相传萧史、弄玉吹箫,箫声引凤。后人便以"凤"字来形容笙箫。

赏析

这首词写梦忆江南,是李煜亡国入宋后追恋故国所作。李后主挥笔写意,以寥寥数语,写出了当年之繁盛以衬今日之孤凄。旧梦虽好,梦醒时分却愈加悲切,后主用力于无形,将情绪表露得隐而显、浅而深。

"多少恨"开头骤起,令人咋舌,紧接着"昨夜梦魂中"解释缘由:所有的悲恨都来源于昨夜一梦。那么昨夜梦中所谓何事?接下来的三句皆写梦境,"还似旧时游上苑,车如流水马如龙,花月正春风"。往日繁华生活内容纷繁,如今醒来却是囚居汴京的难堪境地,使得李煜格外痛苦,恨意不尽。而旧梦"还似"二字领起,直贯而下,不可遏止。想当年上苑游乐、香车宝马、美女如云,是何等的煊赫与惬意。"车如流水马如龙"一句多为后世所传颂,其典出《后汉书·明德马皇后纪》:"车如流水,马如游龙。"与唐代苏颋《夜宴安乐公主新宅》首句相同,此处用典自然贴切,浑然天成,渲染了游会的喧闹,也反衬了现今的凄凉,以大喜写大悲。最后以"花月正春风"结尾,梦中欢娱戛然而止,留下了大片空白,更加触动了后主"梦里不知身是客,一晌贪欢"的悲慨,他一生中无忧无虑的时刻,就像这"花月"和"春风"随梦消散。

"多少泪"是"多少恨"的续写,"一晌贪欢"之后,悲情更苦,离恨更深,李煜再也无法抑制自己的感情,只能任凭泪水"断脸复横颐"。与以乐写悲不同,这首词直揭哀音,直接袒露内心的愁苦,愈见沉痛之感。泪水在脸上肆意纵横,不可说的心事都包含在这炙热的液体中,灼烧着后主的心。这个沦为阶下囚、随时会有杀身之祸的可怜人,纵然有再多痛苦、再多的故国情怀,更与何人说?宋代王铚《默记》载:"李国主归朝后与金陵旧宫人书云:'此中日夕,只以眼泪洗面。'",正可与此词印证。袁枚也有诗云:"官家有赖重瞳子,洗面终朝泪眼多。"往事不堪回首，悲喜概为一梦。不但"心事"不可说，连往日可以寄托情思的凤笙也不能吹起，人在落泪时是敏感的，外界的一点点风吹草动都会激起内心极大的震荡，凤笙向来为欢歌之用，若此时笙箫乐起，更是徒增伤感、平添愁苦。情感进一步加深，"肠断更无疑"，似乎这是唯一的结局了，"肠断"和"断肠"常用于表达极度悲切的情感，如"行宫见月伤心色，夜雨闻铃肠断声"（白居易《长恨歌》），"过尽千帆皆不是，斜晖脉脉水悠悠，肠断白蘋洲"（温庭筠《梦江南》）等。这首词，以流泪始，以肠断终，感情细腻，层层递进，真伤心垂绝之音也。

清平乐^①·别来春半

别来春半^②，触目愁^③肠断。砌下^④落梅^⑤如雪乱，拂了一身还满。

雁来^⑥音信无凭，路遥归梦难成。离恨恰^⑦如春草，更行更远还生。

注释

①清平乐：原为唐教坊曲名，后用作词牌名，又名《清平乐令》《醉东风》《忆萝月》，为宋词常用词牌。此调正体双调八句四十六字，前段四仄韵，后段三平韵。宋代晏殊、晏几道、黄庭坚、辛弃疾等词人均用过此调，其中晏几道尤多。同时又是曲牌名。属南曲羽调。

②春半：春天过去了一半。

③愁：一作"柔"。

④砌下：阶下。"下"：毛晋汲古阁本《词苑英华》引《尊前集》作"半"。

⑤落梅：白梅花，开放较迟，故春半才有落梅。

⑥雁来：中国古代有雁足传书的传说，因此看到大雁就会联想到故人音信。

⑦恰：《续选草塘诗馀》《古今诗馀醉》《古今词统》作"却"。还：通"旋"，立即。

赏析

这首《清平乐》是书写离愁别恨的名篇。相传这首小令是李煜亡国之前的作品,开宝四年(971)十月,宋太祖灭南汉,屯兵汉阳,李煜非常恐惧,去除唐号,改称"江南国主",并遣其弟郑王李从善朝贡,上表奏请罢除诏书不直呼姓名的礼遇,太祖同意,但扣留李从善。因此有研究者说李从善入宋久不得归,后主思念甚苦,遂有此作。在这首词里,李煜用生活中常见的景物,准确而深刻地表达了普遍而抽象的别愁,将人人欲言但不能自言的情感诉诸笔下,使"愁"摸得着、看得到,不觉中流露出李煜的一片赤子心、真率情。

"别来春半,触目愁肠断",词的上阕开篇便直吐真情:离别以来,春天已经过去一半,目之所及撩起柔肠寸断。一个"别"、一个"愁",总摄全篇,概括性强,词人的离愁别恨如洪水般一下子倾泻而出,为全篇奠定了哀婉的基调。"春半"点明离别时间之久,也是词人感情迸发的突破点。接下来的两句承接上文"触目"之景:阶下落梅就像飘飞的白雪一样零乱,把它轻轻拂去了,又飘洒得一身满满。正如王国维所云"一切景语皆情语"。这拂了还满的不只是这白色的落梅,更是心中挥之不去地对远方亲人的思念。本是春花烂漫的季节,词人却独立梅树之下,白梅如雪,不由得有了一丝孤寂的冷意,落梅乱飞,又使人心绪不宁乱如麻。最后的"满"字把主人公那种无奈之苦、企盼之情、思念之深刻画得至真至实:罢了罢了,任凭这落梅满身、愁绪满怀吧!

　　李煜对梅花有着特殊的情感,据宋人笔记《五国故事》载:"南唐宫中多种梅花,于花间设彩画小木亭子,才容二座,李煜与周氏对酌其中。"大周后去世,李煜曾有《梅花》二首悼念亡妻。可以说梅花是李煜爱情和亲情的见证者。如今,梅花已成为南京的市花,位于南京明孝陵景区内的梅花山,更是有"天下第一梅山"的美誉。江南二月春,我们登山赏梅的时候,再吟诵这首《清平乐》,或许别有风味。

　　"雁来"两句把思念具体化:词人日夜焦急地期盼来信而不得,想在梦中与亲人相聚却难成。古代有大雁传书的故事,西汉时,苏武出使北方被匈奴扣留,他宁死不屈,被囚于北海牧羊。汉使来觅,匈奴单于谎称苏武已死,汉使侦其诈,并知苏武囚地,因故意假说汉天子在上林苑射雁,雁足系有帛书,是苏武亲笔求归。匈奴单于语塞,不得不放苏武回国。所以当词人看到大雁横空飞过,为没有收到亲人的归讯而失望。他又盼望和亲人在梦中相会,但"路遥归梦难成",恐怕也是呆话痴想。词人把感情导向深沉的哀思后,再次创造了深美的意境。

　　上阕落梅作喻,写驱不散的离愁;下阕青草作喻,写无穷尽的离恨。"离恨恰如春草,更行更远还生",句式一波三折,充分地表达出心中的"离恨"就像那无穷尽的春草,使人无法摆脱。历代名句多用青草表达离愁别意,如"青青河畔草,绵绵思远道"(《古诗十九首》),再如白居易的"野火烧不尽,春风吹又生"(《赋得古原草送别》),而欧阳修的"离愁渐远渐无穷,迢迢不断如春水"(《踏莎行》)、秦观的"倚危亭,恨如芳草,萋萋刬尽还生"(《八六子》),多由此词化出。

　　全词以离愁别恨为中心,上、下两阕浑然一体而又层层递进,词人手法自然,笔力透彻,感情的抒发和情绪的渲染十分到位,在喻象上独到而别致,使这首词具备了不同凡品的艺术魅力。

采桑子①·亭前春逐红英尽

亭②前春逐红英③尽,舞态徘徊④。细雨霏微⑤,不放双眉时暂开。

绿窗⑥冷静芳音⑦断,香印⑧成灰。可奈⑨情怀⑩,欲睡朦胧入梦来。

注释

①采桑子:《全唐诗》原名《采桑子》,为唐教坊大曲。双调四十四字,又名《杨下采桑》。至冯延巳,始命词牌名《罗敷媚歌》。后主用此牌名《采桑子》,又名《丑奴儿令》。宋词沿用此二名。

②亭:"晨风阁丛书"本《二主词》作"庭"。

③红英:红花。

④徘徊:此处指花飞舞的姿态,回旋飞转。

⑤霏微:指雨雪细小,迷迷濛濛的样子。《尊前集》作"霏霏"。唐代李端《巫山高》有诗云:"回合云藏日,霏微雨带风。"

⑥绿窗:绿纱窗,泛指女子闺阁。

⑦芳音:"晨风阁丛书"本《二主词》作"芳英"。吴讷《唐宋名贤百家词》本引《尊前集》中作"芳春"。芳音,即佳音,好消息。

⑧香印:即印香,打上印的香,用多种香料捣成末调和均匀制成的一种香,一般制成篆文"心"字形,点其一端,依

香上的篆形印记,烧尽计时。王建《香印》有云:"闲坐印香烧,满户松柏气。"古时富贵人家为使屋里气味芬芳,常常在室内燃香。

⑨可奈:《花草粹编》中作"可赖"。可奈,怎奈,即无可奈何。

⑩情怀:心情,心境。唐代杜甫《北征》中有诗句:"老夫情怀恶,呕泄卧数日。"

赏析

这首词的主旨是伤春怀人。词的上阕写女主人公晚春时节缱绻怀人,愁眉不展。"春逐红英尽"点明时节,晚春落英缤纷,女子举目窗外,看着红花在风中翩然起舞,想到春天也即将随着这片片飞花无声无息地消逝了。"徘徊"明是写花,暗则写春,更写出了主人公纷纷扰扰、无法平复的心绪。"细雨"也来凑热闹,漫天的雨点密集地打着,这雨浸润了落花,也浸湿了愁绪,思妇双眉紧锁,难得一展。"不放"一句形象地写出了少妇压抑而沉重的愁容,她或许也想一展愁眉,可此情此景怕是强颜欢笑也不能够做到的。伤春是一种文人传统,但同时也是一种思妇情怀。正如王国维词中写的那样,"最是人间留不住,朱颜辞镜花辞树"。春天的离开象征着岁月的蹉跎,女子在时间的流逝中青春不再、爱人未归,让人愁绪满怀,连让双眉暂时展开一点的笑意也没有,真是"这次第,怎一个愁字了得!"

词的下阕写女主人公独守空窗,百无聊赖。"绿窗冷静"

承接上阕的环境描写，笔锋转至少妇的自身处境。一个人独守在空荡荡的闺房之中，冷清平添愁苦，而"芳音断"却是少妇忧思不断的真正原因。没有远方的佳音，印香缥缈，渐渐烧成了灰烬。"香印成灰"一语双关，一则写主人公等待时间之久，二则也有心境成灰之感。古代印香一般制成篆文"心"字形，待到印香寸寸燃尽，连同原来燃烧着的心也慢慢灰冷了。如宋代蒋捷的《一剪梅》"心字香烧"，再如清代纳兰性德的《梦江南》"心字已成灰"，其愁思苦闷之情不可谓不深。但怀人之心，思情难耐，主人公昏然欲睡，希望思念的人儿朦胧进入梦境。"可奈情怀"近乎白话，突出了无可奈何的心情，这梦或许给人希望，又或许让人失望，可她又能做些什么呢？但愿这不会又是一个无梦可做的不眠之夜。

俞陛云在《唐五代两宋词选释》中将这首词判为后主失国所作，依据"不放双眉时暂开"猜测后主归宋之后禁令之严，对此微有怨辞。此说缺乏真凭实据，未为确论。此篇之闺怨主题，乃唐宋词之寻常惯见，男子代作闺音，揣摩女子心绪，描摹脂香裙裾哀乐情状，亦非罕有，此篇描写女子的真实感受和心思，精细入微，深浅有致，可见后主确为抒写闺情之高手。

喜迁莺①·晓月坠

晓月②坠,宿云③微,无语枕频④欹。梦回芳草⑤思依依,天远雁声稀⑥。

啼莺散,余花⑦乱,寂寞画堂⑧深院。片红休埽尽从伊⑨,留待舞人归。

注释

①喜迁莺:词牌名,又名《鹤冲天》《喜迁莺令》《早梅芳》《春光好》《燕归来》《万年枝》《烘春桃李》等。以唐代韦庄《喜迁莺·街鼓动》为正体,双调四十七字,前段五句四平韵,后段五句两仄韵、两平韵。另有双调四十七字,前段五句三平韵,后段五句两仄韵、两平韵;双调一百三字,前后段各十一句、五仄韵等变体。代表作品有宋代晏殊《喜迁莺·花不尽》等。

②晓月:拂晓的残月。

③宿云:夜间的云。云:《尊前集》《历代诗馀》《词谱》作"烟"。

④频:《花草粹编》作"凭"。

⑤芳草:香草。诗人比兴,或以香草为美德,或咏芳草言别意。这里指所怀念的人。

⑥雁声稀:相传雁能传书,这里指音信难凭。

⑦余花:残花,指暮春尚未凋谢的花。南朝齐谢朓《游东田》:"鱼戏新荷动,鸟散余花落。"

⑧画堂：华丽的厅堂。唐代崔颢《王家少妇》："十五嫁王昌，盈盈入画堂。"

⑨尽从伊：都任由她去。伊：代指花。

赏析

这是一首写春梦残醒后思念佳人的词，全篇"梦回"，悠然深远，余味无穷。

词的上阕写彻夜梦思的情状与伊人消息沉沉。"晓月坠，宿云微"，天快要亮时残月将息，云气将散，词人醒来得如此之早，这一夜似乎睡得并不安稳。都说"日有所思，夜有所梦"，梦中之事，他只字未提，大抵是多日以来早在心里埋好伏线，梦醒时分汹涌而来的思念绵延不绝，四周的朦胧气氛也添了几分惆怅。词人默默无语倚在枕上，左靠不是，右倚不是，无人可说，无话可说。这种氛围使得词人更加思念故人，不知不觉魂归梦中，情思悠悠。"梦回芳草思依依，天远雁声稀"，扩大了空间，增强了离恨。"芳草思依依"即"依依思芳草"，梦中人消散不见，只留词人恋恋不舍，依依痴想。又与《清平乐·别来春半》中的"雁来音信无凭，路遥归梦难成。离恨恰如春草，更行更远还生"相印证，雁声稀疏，音信全无，只有梦回人杳的失落感和空虚感。

词的下阕描写冷静堂院与词人的寂寞与伤感。这里顺势走笔，"啼莺"对"雁声"，"余花"映"芳草"。莺散花落，春天也即将逝去，这画堂深院寂寞怕是更深，有伤春之情，也有怀人之苦。唐代金昌绪有《春怨》："打起黄莺儿，莫教枝上啼。"诗中黄莺扰了女主的美梦,使其不得与夫婿在梦中相见。而词人笔下的啼莺也未带来好消息,不如随春散去。"片红休埽尽从伊,留待舞人归",语淡情浓,引人入胜,从平易中开拓奇境,任落红遍地休扫它,天然红毯已成,想必伊人也将要归来,重现"红锦地衣随步皱"(《浣溪沙·红日已高三丈透》)的曼妙舞姿。然而道来简单,意味却是深长,随着美人逝去,这一切都无可挽回。在这寂静之中,陪伴词人的只有寂寞,只能凭空怀念当年一幕幕令人心荡神摇的风景,在词人的世界里,曾经有歌、有酒、有舞,有笑向檀郎唾的大周后。大周后为周宗长女,十九岁嫁给李煜,通音律,善歌舞,相夫教子,颇有贤名,后主对其亦恩爱有加。乾德二年(964),周后病逝,后主形销骨立,哀痛万分,并亲撰诔辞,自称"鳏夫"。据《南唐书》记载,大周后死后葬于懿陵,其所在位置,据考古发掘,就是南京祖堂山南唐二陵附近的3号墓。但出土的懿陵陈设极为简陋,料想应是墓主下葬后不久就遭到了报复性的毁墓,呜呼哀哉,令人痛心!

李煜是"生于深宫之中,长于妇人之手"的南唐末代皇帝,虽不通为政之道,却精书法,善绘画,通音律,诗词皆妙。他往往对女性流露出真情实意的喜爱,不像一般的帝王贵族那般,视女子为玩物。这首词在"晓月""宿云""芳草""雁""莺""花""片红"等密丽意象中,融入词人的"闺阁"之思,将寂寞深情表现得抑郁而不悲愤,惆怅而未痛绝。

相见欢[①]·林花谢了春红

林花谢了春红[②],太匆匆。无奈朝来寒雨晚来风。

胭脂泪[③],相留醉[④],几时重[⑤]。自是人生长恨水长东。

注释

①相见欢:双调三十六字,五代薛昭蕴曾以此调填词,名为《相见欢》。宋时此牌名《乌夜啼》,然而和另调《锦堂春》相混,《锦堂春》亦名《乌夜啼》。今依五代名称本词词牌名《相见欢》,以免和《锦堂春》相混。

②春红:春天的花朵。唐代李白《怨歌行》:"十五入汉宫,花颜笑春红。"

③胭脂泪:拟人手法,把林花着雨形成的红雨比作美人泪水流经脸颊时沾上胭脂的红泪。

④相留醉:一作"留人醉"。留:遗留。醉:心醉,销魂。

⑤几时重:何时再得重逢。

赏析

亡国前耽于享乐,亡国后沉溺哀伤,这就是李后主的一生。《相见欢·林花谢了春红》为李煜亡国入宋后词作中的名篇,甚是凄婉。它表面上是伤春咏别,实则抒写"人生长恨水长东"的深切悲慨。这种悲慨不仅是抒写一己的失意情怀,而且是涵盖着全人类共同的生命缺憾,是一种融汇和浓缩了无数痛苦人生体验的浩叹。

"林花谢了春红，太匆匆"首句先出"林花"，何为"林花"？不是一两朵，三两颗，而是漫山遍野林间所有的花。继而说是"谢了春红"，一个"春"字已概括了世间所有的美好事物，"红"是燃烧着的热烈激情。而这些美好、激情也都伴着春林间全然凋谢的红花，随之熄灭了。钟嵘《诗品序》有言："气之动物，物之感人，故摇荡性情，行诸舞咏。"外界的变化会形成人们内心的摇荡，而随之唱诵。因此，面对此情此景，后主不禁哀叹一声"太匆匆"，一切都太过突然和匆忙，让人防无可防，备无所备。首句看似随手直写，自然而来，实则文思巧妙，意蕴深远。

花开花落，时序推迁，事物凋零乃自然常态，人力固然无可违抗，这是无可奈何的事情。然而，更让人"无奈"的是"朝来寒雨晚来风"。词人执着地、拼命地想留下这些美好，然不敌自然规律，更有朝雨暮风的不断摧残和侵扰。此与杜甫的"一片花飞减却春，风飘万点正愁人。且看欲尽花经眼，莫厌伤多酒入唇"(《曲江二首》)有异曲同工之妙。"无奈"二字，且见无力护花、无计回天之意，一片珍惜怜爱之情，跃然纸上。词人伤春、伤己亦伤人，每个人并不是可以按部就班地走向"死亡"，总是有意外的"晚来风"。

凄风寒雨昼夜摧残过的春花飘落遍地，红花被雨水淋过，更像是美人双颊上的胭脂在和着泪水流淌。"胭脂泪"三字，脱胎于杜甫《曲江对雨》中的"林花着雨胭脂湿"，后主从杜少陵的"林花"而来，换一个"泪"字来代"湿"字，哀艳异样，尤宜着眼，使人觉得全幅因此一字而生色无限。"泪"字已是神奇，"醉"也不仅仅是陶醉之意，盖悲伤凄惜之甚，心如迷醉也。"几时重"，花返故枝、人归故土的这一天还会到来吗？后主心知答案是否定的。人生就像一条黑暗的隧道，一边是选择，一边是结果。你不知道自己的选择会是什么样的结果，所以会有很多遗憾。而人生不可能因为你的遗憾而重新来过。随之是抛开花事和自我的情感升华，是对自然、历史、人生慨叹的一声长恸："自是人生长恨水长东。"以水必然长东，以喻人之必然长恨，重笔收尾，沉哀入骨。一句变徵之声以血书写成，俨然有释迦担荷人类罪恶之意。王国维《人间词话》云："词至李后主而眼界始大，感慨遂深。……《金荃》《浣花》能有此气象耶？"

长相思①·云一绹

云一绹②，玉一梭③，淡淡④衫儿⑤薄薄罗⑥。轻颦⑦双黛螺⑧。秋风多，雨相和，帘外芭蕉三两窠⑨。夜长人奈何！

注释

①长相思：词牌名，又名《吴山青》《山渐青》《相思令》《长思仙》《越山青》等。以唐代白居易词《长相思·汴水流》为正体，双调三十六字，前后段各四句三平韵一叠韵。另有三十六字前段四句三平韵一叠韵，后段四句三平韵，三十六字前后段各四句四平韵等变体。代表作有清代纳兰性德《长相思·山一程》等。

②云一绹：一束头发。云：指头发。绹：古代女子头发一束为绹。

③玉一梭：梭形的玉质发饰。

④淡淡：颜色浅淡。

⑤衫儿：泛指上衣。

⑥罗：罗裙，丝质的裙子。

⑦轻颦：微微皱眉。

⑧黛螺：即螺黛。六朝晚期妇女涂眉的颜料。《隋遗录》："殿脚女争效为长蛾眉。司宫吏日给螺子黛五斛，号为蛾绿。"词作中多借指眉毛。北宋欧阳修《阮郎归》："浅螺黛，淡胭脂，闲妆取次宜。"

⑨窠：通棵。植物一株为一棵。

赏析

这是一首描写女子秋夜愁思的闺怨词。上阕像是一幅用笔清淡素雅的仕女图。"云一緺，玉一梭"，是头发和玉簪的特写，女子的头发挽成盘涡状的发髻，上面饰以梭形玉簪，落落大方，简单而不失雅致。接着词人笔触由上至下，续写女子衣着："淡淡"的衫儿搭配着"薄薄"的罗裙，两个叠词的使用，着意刻画出衣裳的雅淡色调和轻薄材质。据《南唐书》记载，李煜最宠爱的大周后创立的"高髻纤裳，首翘鬓朵之妆"盛行一时，引得诸家争相效仿。开篇虽未明写女子容颜，词人却用妆发和服饰侧面为我们展示了一位不落凡尘、风姿绰约的贵族女子，于浅白中见新意，于细微处见匠心。"轻颦双黛螺"乃点睛之笔，直扣人心，为画中美人注入了灵魂。这位淡妆女子轻皱双眉，似有一段不欲明言的幽怨，与李白《怨情》中的女子颇为相似："美人卷珠帘，深坐颦蛾眉。但见泪痕湿，不见心恨谁。"但太白笔下的女子，怨气更浓更重些，李煜的一个"轻"字与通篇轻淡的风格相协调，幽怨绵绵，悠长而并不十分强烈。佛云："三千烦恼丝，一丝更胜一丝。"相思怀人之意，于此隐隐传出，增强了吸引力和感染力，并由此引出下阕。

"秋风多，雨相和，帘外芭蕉三两窠"这是一个秋天的雨夜，女子独立窗边，风声和雨声交杂在一起，窗外的芭蕉也三三两两。秋风本就催愁，更何况有苦雨相和，风催残叶，雨打芭蕉，硕大的雨点不仅打得芭蕉叶沙沙作响，也滴在了女子的心上,凄冷入骨,相思难耐,更增添了秋夜愁思的凄苦,增添了未眠人内心的幽凄冷寂。"帘外芭蕉"似乎也有泪滴,秋意不仅更浓,秋思也已更苦。在诗人眼里,芭蕉常与孤独忧愁相伴,与离情别绪相连,他们把伤心、愁闷借着雨打芭蕉一股脑儿倾吐出来,写下了许多脍炙人口的不朽诗篇,如白居易的《连雨》"碎声笼苦竹,冷翠落芭蕉",再如李商隐的《代赠二首》"芭蕉不展丁香结,同向春风各自愁"。最后一句"夜长人奈何!"仿佛是女主人公发自心底的深长叹息:这漫漫长夜叫我如何是好!"奈何"之情点到即止,不做具体的刻画渲染,反添余蕴。愈是把极大的幽怨轻描淡写,那幽怨在读者的玩味中就愈显沉重与深刻。

　　小词已尽,清淡的笔调,明洁的语言与女主人公素淡天然、玲珑剔透的风韵相统一,使得这首小令有了和谐之美。最后词人留给了读者大片想象的留白,其所传达出的含蓄蕴藉、醇厚韵味,也凸显了中国古典诗词艺术魅力之所在。

捣练子令① · 深院静

深院静,小庭空,断续寒砧②断续风。

无奈③夜长人不寐④,数声和月到帘栊⑤。

注释

①捣练子令:即"捣练子",《尊前集》《花草粹编》《全唐诗》均无"令"字。明代杨慎《词品》:"词名'捣练子',即咏捣练。乃唐词本体也。此调盖咏捣练者,二十七字,单调。"

②寒砧:砧,捣衣石。古时将生丝织成的绢用木杵在石上捣软制成熟绢,以便裁制衣服。因夜深天寒,故称寒砧,这里指寒夜之中的捣衣声。唐代杜甫《秋兴》中有诗句云:"寒衣处处催刀尺,白帝城高急暮砧。"

③无奈:《啸余谱》《尊前集》《南词新谱》中作"早是"。

④不寐:不能入睡。或作"不寝"。

⑤帘栊:挂着竹帘的格子窗。栊:有横直格的窗子《说文》:"房屋之疏也。小曰窗,阔曰栊。"

赏析

这是一首寒夜听砧的小令,"捣练子"既是词牌,也是这首小词的题目。练是一种白丝熟绢,须用木杵在砧石上捶击而成;令即小令,是短歌的意思。词人在这首仅有二十七个字的小令中,通过对一位失眠者夜听砧上捣练之声的描绘,抒发了主人公的内心苦闷和烦恼。

　　"深院静,小庭空",写听砧的环境。"深院"着眼于全景,"小庭"则把镜头推近,把读者不知不觉地从大宅深院引入到一个小天井中,其置身的环境具体可感。两处地方分别用极为普通的"静"和"空"来点化,细细品味,意味深长。深宅大院远离尘嚣,是客观外在的安静、清静,却又让人觉得静得透不过气,是在心理压抑下产生的一种深在的静谧感。而处在巨大建筑群落中的一个小天井,空空荡荡,不免给人空虚之感。这六个字一箭三雕,一来交代了主人公所处环境的空幽寂静,二来也衬托出了她内心的孤独寂寞,三则为下文的砧声扰人做了铺垫:在小庭深院中,秋风送来了断续的寒砧声,听得格外真切。

　　"断续寒砧断续风"是这首小令的核心。杵砧捣衣是古代妇女的日常劳作,白天忙于炊事家务,夜晚往往到河畔捣衣。"断续"一词的重复,是刻意的安排,那木杵捶击石砧的咚咚声被阵阵悲凉的秋风荡来,时轻时重,若断若联地送入闻砧人的耳中,与内在情绪的延展变化节奏近乎合拍。自古以来,捣衣或捣练声常常用来表现征人妇对远戍边关丈夫的思念。如初唐诗人沈佺期的《古意呈补阙乔知之》"九月寒砧催木叶,十月征戍忆辽阳",李白的《子夜吴歌》"长安一片月,万户捣衣声。秋风吹不尽,总是玉关情",自是人人皆知了;南唐中主李璟亦有词《望远行·碧砌花光照眼明》:"辽阳月,秣陵砧,不传消息但传情"。由此可见,寒砧声作为一种情感表达,逐渐抽象化、符号化,已经凝固到文学传统之中,其内涵自然也就由征妇怨,扩展到一般夫妇、情人的思忆之情。

接着两句"无奈夜长人不寐，数声和月到帘栊"，明明是因为捣练声扰得自己心绪烦乱，无法入眠，词人却翻转过来倒因为果，说是因为自己睡不着才使得砧声入耳，月色入眼。主人公彻夜失眠，其忧心思念的是人、是物还是国，我们不得而知。"无奈"二字，道尽心态，"月"和"帘栊"又和上文的"寒砧"做到了声色交融，砧声顺着风儿，伴着清冷的月光飘入窗内，撩动着主人公的心弦，我们似乎能看见那紧皱的眉头和无限焦虑。

这首小令采用白描的手法，词体虽小，一挥而就，却饶有情味，可谓"清水出芙蓉，天然去雕饰"。小令境界单纯明晰，意象模糊朦胧，清代词人纳兰性德《渌水亭杂识》曾对后主的朦胧手法评价曰："兼饶烟水迷离之致"，也是极为妥帖的了。

浣溪沙①·红日已高三丈透

红日②已高三丈透，金炉③次第添香兽④，红锦地衣⑤随步皱。

佳人舞点金钗溜，酒恶⑥时拈花蕊嗅，别殿⑦遥闻⑧箫鼓奏。

注释

①浣溪沙：原为唐教坊曲名，后用为词牌名。此调分平仄两体，字数以四十二字居多，另有四十四字和四十六字两种。最早采用此调的是唐代韩偓，通常以其词《浣溪沙·宿醉离愁慢髻鬟》为正体，另有四种变体。代表作有宋代晏殊的《浣溪沙·一曲新词酒一杯》、秦观的《浣溪沙·漠漠轻寒上小楼》等。

②红日：《诗话总龟》《西清诗话》《类说》《诗人玉屑》等本中均作"帘日"。

③金炉：《诗话总龟》中作"佳人"。金炉即铜制的香炉。

④香兽：以炭屑为末，匀和香料制成各种兽形的燃料。始于晋代羊祜，《晋书·羊祜传》有记载。

⑤地衣：古时铺在地上的纺织品，即地毯。

⑥酒恶：《诗话总龟》中作"酒渥"。亦称"中酒"，指喝酒至微醉。这是当时方言。宋代赵令畤《侯鲭录》卷八中云："金陵人谓'中酒'曰'酒恶'，则知李后主诗云'酒恶时拈花蕊嗅'，用乡人语也。"

⑦别殿:古代帝王所居正殿以外的宫殿。

⑧遥闻:《古今诗话》《诗话总龟》《诗人玉屑》等本中作"微闻"。

赏析

此词描写江南盛时宫中歌舞升平的景况,真实地描绘了宫廷奢靡绮丽、纵情享乐、醉生梦死的场景,反映了李煜早期的宫廷生活,让人读后很难想象,这彻夜不废的歌舞生活竟是如此疯狂。

词的上阕起言"红日已高",让人不自觉地联想到白居易《长恨歌》中的"春宵苦短日高起",异曲同工,写尽帝王的放浪不拘、慵懒闲散。尽管太阳已经高悬于天,明亮的日光透过帘幕照进宫内,可是从昨夜便开始的欢歌乐舞还没有结束,宫女们依次入内,一个挨一个儿地将金炉内快要燃尽的香料,重新添加上。"金炉""香兽"这等奢丽浮华的器具,已非平常人家易得,更何况是"次第添"呢。只这一句就巧妙写出了宫中金炉陈列之多,歌舞历时之长。接下来以一个特写镜头——地毯随着佳人飞旋的舞步起了褶皱,来具体描绘跳舞场面,非常生动,让人如临其境。也经由这样的描述,概括饮酒作乐的场景。

如果说上阕是通过外部景物、器物、衣物来描写这铺陈的场面、丰富的景象,那下阕紧承上阕,从正面描写酣歌艳舞后的宫人。首句,词人非常细心地捕捉到"金钗溜"这一细节,使得佳人跳舞时的情景及其神情,媚态尽现,十分迷人。"酒恶"句继写佳人醉酒后的情态，"拈"和"嗅"两个动作，写佳人醉意朦胧，时而拈花微笑，时而嗅花以解，尤见其娇媚可爱、楚楚可怜。结句与首句相呼应，昨夜歌舞未终，今日欢宴又作，宫中处处弥漫着一种繁华享乐景象，以至于"别殿遥闻箫鼓奏"，不写"此殿"如何欢娱、如何收场，而写"别殿"乐声大作，又扩展了空间跨度，从而扩大了词的意蕴。

这首词结构严谨，技巧娴熟，语言华丽，细节描写到位，情态描写活灵活现。艺术上的精美与内容上的腐朽形成了鲜明对比，也与后期的亡国之词形成了巨大反差。此时的李后主大概怎么也不会想到，这份安逸荣华，这份欢歌达旦，会伴随着南唐王朝面临倾覆之厄，而古都金陵也见证了这短命王朝的兴衰。如果不是耽于这份奢华生活，大概李煜也不会成为一个亡国之君。人事代谢有如雪泥鸿爪，今日的金陵已经难以"遥闻"南唐宫中的箫鼓之乐，但是关于李后主的故事，却始终带着一种悲切哀婉的调子。

菩萨蛮^①·花明月暗笼轻雾

花明月暗笼轻雾^②,今宵好向郎边去。刬袜^③步^④香阶^⑤,手提^⑥金缕鞋^⑦。

画堂^⑧南畔见,一向^⑨偎人颤。奴^⑩为出^⑪来难,教^⑫君^⑬恣意^⑭怜^⑮。

注释

①菩萨蛮:本唐教坊曲,后用为词牌,也用作曲牌。亦作《菩萨鬘》,又名《子夜歌》《重叠金》《花间意》《梅花句》《花溪碧》《晚云烘日》等。此调为双调小令,以五七言组成,四十四字。用韵两句一换,凡四易韵,平仄递转,以繁音促节表现深沉而起伏的情感,历来名作极多。代表作有唐代李白《菩萨蛮·平林漠漠烟如织》、五代温庭筠《菩萨蛮·小山重叠金明灭》等。

②笼轻雾:笼罩着薄薄的晨雾。笼,或作"飞"。

③刬袜,只穿着袜子着地,不穿鞋子。刬:《全唐诗》及《南唐书》中均作"衩"。刬,只,仅,犹言"光着"。

④步:吕远墨华斋本《二主词》作"出",《历代诗话》《寿域词》作"下"。这里用作动词,意为走过。

⑤香阶:台阶的美称,即飘散香气的台阶。

⑥提:《寿域词》作"携"。

⑦金缕鞋:指鞋面用金线绣成的鞋。缕:线。

⑧画堂:古代宫中绘饰华丽的殿堂,这里也泛指华丽的

堂屋。

⑨一向:片刻。向:侯文灿《十名家词集》本引《二主词》及《古今词统》《词综》《词苑丛谈》《古今词话》《历代诗馀》《全唐诗》《词林纪事》作"晌"。

⑩奴:《尊前集》《词综》《全唐诗》作"好"。奴:古代妇女的谦词,也作奴家。

⑪出:《花草粹编》作"去"。

⑫教:《寿域词》作"从"。

⑬君:《词苑丛谈》作"郎"。

⑭恣意:任意,放纵。

⑮怜:爱怜,疼爱。

赏析

词的一开头便渲染了一个美妙的环境:月色昏暗,雾似轻纱,朵朵鲜花透露着娇艳。点出时间的同时,又勾画出一种朦胧的意境,色调很是温馨。接下来一句"今宵好向郎边去",方使人明白,原来女子所看重的并不是这月下花色的幽静曼妙,而是月影花雾可以掩人行踪,今晚正是与郎欢会的好时机。女子呼男子为"郎",说明她的心已然相许了。"好向"二字,写出女子期待相会的急切与欢喜。这两句既可以理解为此次是特别的约会,有幸天公作美,给生怕被人发现的女子一点方便;又可以理解为是平常之约,月夜美景,切合女子内心即将见到情郎的欢愉之情。"刬袜"二句描写生动,写出了这位女子慌张而又谨慎的神情,仿佛可以想象女子手提绣鞋,脚上只穿着布袜,屏息凝气,轻盈而匆促地在月夜中悄悄穿行,溜过香阶。"步""提"两个动词,笔触细腻,饶有情趣,顿时让词中女子的形态跃然纸上,让读者有身临其境之感。

下阕写幽会的具体情景。女子到达相约的地方——画堂南畔,看见她的情郎早已经在等待,便一下子扑过去,紧紧依偎在他的身边,身子抖动着,享受着难得的快乐。一个"颤"字更是精准刻画了女子内心复杂的心情,有偷偷约会的紧张彷徨,有见到心上人的欣喜激动。结尾二句描写女子的言语,可谓是大胆直白的吐露,表达了这位女子毫无顾忌的火热感情。"奴为出来难,教君恣意怜",越礼偷情,幽会不易,你可知道我出来见你一次是多么的不容易,今天晚上我要让你尽情地把我爱怜。女子如此表白,真令男子销魂无限。王士禛《花草蒙拾》云:"牛给事'须作一生拚,尽君今日欢',狎昵已甚。南唐'奴为出来难,教君恣意怜'本此。"故此首艳情词素以狎昵真切著称。

此词相传是李煜描写自己与小周后幽会之情景。小周后为大周后之胞妹,大周后名娥皇而小周后名女英。此时大周后娥皇卧病,小周后在宫中,常与李煜私下暧昧。马令《南唐书》中记载:"昭惠感疾,后常出入卧内,而昭惠未之知也。一日,因立帐前,昭惠惊曰:'妹在此耶?'后幼,未识嫌疑,即以实告曰:'既数日矣。'昭惠恶之,返卧不复顾。"又陆游《南唐书》记载:"后少以戚里,间入宫掖,圣尊后甚爱之,故立焉。"这首词到底是不是写给小周后的,我们难以考实,但是李煜作为词人,不得不说技艺高超,这首《菩萨蛮》既有民歌式的率直自然,又不失上层文人的优雅风度,令人过目难忘。

望江梅① · 闲梦远

闲梦远,南国②正芳春。船上管弦③江面绿,满城飞絮滚④轻尘。忙杀⑤看花人。

闲梦远,南国正清⑥秋。千里江山寒色远⑦,芦花深处泊孤舟,笛在月明楼⑧。

注释

①望江梅:萧江声钞本《二主词》作"望江南",《全唐诗》作"忆江南"。李煜此词牌名下共二首,《花草粹编》置于《望江南》下,未析为二首。

②南国:一般指长江以南的广大地区,这里指南唐国土。

③管弦:管乐器与弦乐器,也泛指乐器,这里指各种乐器共同演奏。

④滚:《历代诗馀》作"辊",《花草粹编》《古今诗馀醉》《全唐诗》作"混",翻滚,滚动,转动。

⑤忙杀:犹言忙死。杀同"煞",形容极甚.《花草粹编》《全唐诗》等本作"愁杀"。

⑥清:《历代诗馀》作"新"。

⑦寒色远:《历代诗馀》作"寒色暮"。

⑧笛在月明楼:笛声发自于月光照耀下的高楼。

赏析

这首词作为李后主的后期作品,谈的是故国往事,表达了囚居生活中的故国情思和现实痛楚。

上阕写春景,"闲梦远,南国正芳春",一个"闲"字写出百无聊赖的情绪,似乎轻松自然、悠游自在,而实情却是沉重辛酸的,这是词人由一国之君降为降臣囚虏的无可奈何的"闲"。"梦远",一指梦见遥远的南国,二指梦长,沉溺梦中时间久,再指梦中事已然远去。"正芳春",一个"芳"字写出了姹紫嫣红、遍地芳香的江南春色,使人如见百媚千娇的花容,如闻馥郁的花香,正是一片春光盛景。芳春时节的故国是多么热闹啊!"船上管弦江面绿"的"江",当是流经金陵城的长江支流秦淮河。春满金陵,石城生辉,秦淮河上绿波荡漾,南国的水面上帆船往来不绝,船上的丝竹管弦之声在水面飘荡。由城郊,转到城内,只见满城春花飞舞,车马往来如流水,清风吹得飞絮滚滚。"忙杀看花人"是点睛之笔,读到此句,忽然明白了如此热闹非凡,原来是人们忙着去赏花的缘故。"忙杀"二字,写尽南国的繁华。百花之美,看花人兴致之高,人之多,场面之大,尽在其中。"桨声灯影连十里",泛舟秦淮河,仿佛穿越千年,醉倒在六朝古都的万种风情。秦淮河是如诗如画的,是古朴又有内蕴的。今日的秦淮河,仍然吸引着大批游客,春花冬雪,雕梁画栋,河畔美食,人流涌动。料想李后主梦中的江南也是这般情景吧。可是梦醒之后呢,万般幻灭,孤苦一人,四周清冷,自由受限,词人内心该有多少落寞啊! 词人通过对故园升平景象的描绘,表达了他对故园的深切思念。词人把梦中热闹的气氛写得淋漓尽致,而现实的囚居生活又是如此黯淡,更加凸显词人的失落感。

　　下阕写秋景,"闲梦远,南国正清秋",词人笔下的江南正是秋高气爽的时节,一个"清"字既概括出秋天的气候特点,又有一丝肃杀凄清的气氛在里面,对应下文的"寒色"。"寒色远"的"远"既是指明远景,又在空间上呈现了千里江山的寥廓。"芦花深处泊孤舟",是写自然景物,也是写人的活动。一叶孤舟停泊在芦花苇荡中,暗示舟中人的孤独,使人想象出其漂泊凄苦,恰好是词人身如浮萍、心如孤舟的真实写照,它在情调上与前面的"清""寒"是完全一致的。"笛在月明楼",是说秋月当空,月光倾洒,高楼之上,笛声忽起,宛转悠扬。古代诗人大多以笛声象征故园之思,词人在这里表达的也是一种对故国的眷恋,无限感情都隐含在了笛声之中。

　　总之,上下两阕的写法是基本相同的,都是对景色的特点作总体概括,然后再具体展开描写;所不同的是它们的色调和情调,上阕热烈明快,以乐景衬托哀情,更显其哀;下阕凄清寒凉,直抒胸臆,直笔忧思。

菩萨蛮·蓬莱院闭天台女

蓬莱①院闭天台女②，画堂昼寝人无③语。抛枕④翠云⑤光，绣衣闻异香⑥。

潜来⑦珠锁⑧动，惊觉银屏⑨梦。脸慢⑩笑盈盈，相看无限情。

注释

①蓬莱：是古代传说中的三座仙山之一。

②天台女：本代指仙女，这里指像仙女一样美丽的女子。天台：山名，在浙江省天台县北。相传东汉时期刘晨、阮肇二人曾上天台山采药，遇见二位女子，留住半年回家，归家时发现已过了七世，乃知二女子为仙女。于是后人用"天台女"代指"仙女"。

③人无：王仲闻《南唐二主词校订》以外各本作"无人"。

④抛枕：形容人熟睡时头离开了枕头，把它抛在一边。

⑤翠云：形容女子的头发乌黑浓密。云：云鬓，形容妇女的发鬓乌黑卷曲如云的样子。

⑥异香：指女子身上散发出异乎寻常的香气。

⑦潜来：偷偷地进来，暗中来。

⑧珠锁：女子身上佩戴的珠玉一类的饰物。

⑨银屏：指白色而有光泽的屏风或围屏。银屏梦，这里指好梦，《历代诗馀》《全唐诗》作"鸳鸯"。

⑩脸慢：指细嫩而美丽的脸。慢同"曼"，形容容颜的美好。《花草粹编》《历代诗馀》《全唐诗》作"慢脸"。

赏析

《菩萨蛮·花明月暗笼轻雾》写的是少女潜见情郎，而这首《菩萨蛮·蓬莱院闭天台女》写的是情郎潜见少女。两首词中，李煜都用细致的笔法刻画了男女主人公的情态，令人读来，大有生动真切之感。从《诗经》到唐诗宋词，有很多经典的描写男女相会的诗词。约会，是爱情故事中最令当事人心醉神迷的阶段，也是最令旁观者津津乐道的桥段。从《诗经》里的"静女其姝，俟我于城隅""挑兮达兮，在城阙兮。一日不见，如三月兮"，到宋词里的"月上柳梢头，人约黄昏后""金风玉露一相逢，便胜却人间无数"，再到《西厢记》里崔莺莺写给张生的"待月西厢下，迎风户半开。拂墙花影动，疑是玉人来"，恋爱中的男女约会，有着说不完的甜蜜、道不尽的愉悦。李煜的这首词，写的是男女主人公偷偷会面，平添了一份激动和紧张。

上阕写男子潜入时的光景。首句"蓬莱院""天台女"，既暗示女子的美丽如仙子一般，又暗示女子住所的精美。一个"闭"字写出了周围环境，深居禁严，男子偷偷潜入也是需要费一番功夫的，也写出了女子寂寞的内心情感。下句"画堂"再加一重修饰，有种金屋藏娇的味道。"昼寝"点明时间，"人无语"既是指女子独自一人，无人与之诉说，又指男子潜入时静悄悄的，不曾惊动旁人，也没有惊动正在酣睡的女子。男子来到女子榻前，不忍打扰心爱的人儿，而是倍加宠溺地看着她。床上的女子睡得颈项偏离了枕头，乌黑如云的长发闪闪发光，锦绣罗衣散发出奇异的香气。男主人公以欣赏的眼光偷窥少女昼寝的美丽姿态，又从"闻异香"的动作里表现出对少女的喜爱，这情景之中自然夹杂着紧张的心理活动，害怕被别人撞见，也说明确实是幽会。

下阕写男女主人公"相看"的情景。或许是身体的移动，一不小心，触动了女子身上佩戴的珠琐，发出了声音，惊醒了梦中人。"银屏梦"，《历代诗馀》《全唐诗》中作"鸳鸯梦"，不禁令人推测女子睡得如此香甜，可能是做了一个和男子相会的美梦呢。梦里梦外，写出二人心灵相通，彼此思念。而少女睁开眼睛，情郎就在身边，梦境竟然成了现实，该是多大的喜悦和满足啊。"脸慢笑盈盈，相看无限情"，写女子的表情，甜美可爱的脸上，洋溢着盈盈笑意；你看着我，我看着你，彼此真有说不完的无限深情。不需要说什么，此时无声胜有声。这里的描写含蓄、生动、准确。"笑盈盈"是实写，是具体神态；"无限情"是虚写，是抽象概括，虚实相生，反映出男女主人公的内心世界。我们似乎已经能想象到二人内心强烈的激动兴奋，难得一见，现在只想好好看看彼此，仿佛时间在此刻凝固了、静止了。

大概每一个热恋中的人都能体会这其中的滋味，从古至今，人类的感情是相通的。李后主与大、小周后有极为真挚的感情，所以他对少男少女的爱恋能描写得如此动人。即便在今天，我们仍然能读懂词中的绵绵情意。这是诗词的魅力，也是人类情感的珍贵。

菩萨蛮·铜簧韵脆锵寒竹

铜簧①韵脆锵寒竹②,新声③慢奏移纤玉④。眼色暗相钩,秋波⑤横欲流。

雨云⑥深绣户⑦,来便⑧谐衷素。宴罢又成空,魂迷⑨春梦中。

注释

①铜簧:吹奏乐器中的铜制簧片,这里代指乐器。

②锵寒竹:竹制管乐器发出锵然的声音。锵,指乐器发出锵然的声响,古诗词中多用"寒竹",因竹性寒。竹,指笛、箫、笙一类的乐器。

③新声:指新制的乐曲或新颖美妙的声音。

④纤玉:纤细如玉一般的手指。

⑤秋波:《历代诗馀》《词林纪事》中作"娇波"。比喻美女如秋水一样清澈明亮的目光。

⑥雨云:即云雨,这里比喻男女之间的欢情作爱。典出宋玉的《高唐赋》。

⑦绣户:雕绘华美的庭户,这里指精美的居室。

⑧来便:王仲闻《南唐二主词校订》,《花草粹编》作"未便"。便,立即。衷素,心事。

⑨魂迷:或作"梦远"。

赏析

这首词描写一位男子在宴席上对一位奏乐女子的钟情和迷恋，也可说是李煜前期帝王生活的又一实录。一般人认为这是一首艳情词，词中用语如"雨云""春睡"都与楚王梦高唐的故事相关。但作者在艳字上能适可而止，而在情字上又能一往情深。俞陛云云："幽情丽句，固为侧艳之词，赖次首末句以迷梦结之，尚未违贞则。"这也是这首词的成功之处。

上阕写乐女奏曲，吸引了男子的注意。首句用"韵""脆""锵"写出了乐声的清越响亮，可知其音效美，奏乐人技艺高超。"未闻其人，先闻其声"，由乐声起笔，引出演奏者。"新声慢奏移纤玉"，新制的乐曲以舒缓的节奏吹奏，雪白纤细的手指在乐器上移动，不禁让人想到白居易《琵琶行》中的"轻拢慢捻抹复挑"，仿佛音乐不在铜簧而在手指尖上。这两句刻画出了一个才艺精湛的乐女形象。有人认为此处的"新声"与大周后有关，《徐游传》中记载："昭惠后好音律，时出新声。"因此这首词是写李后主与大周后在一起的欢乐场景，此说也可参考。接下来两句，男子的目光由女子的手指向上，注意到了她的眼神。作者抓住一个细节，来了一句特写，"眼色暗相钩，秋波横欲流"，乐女的眼神与乐韵配合，眉目流转，实际上是一种献媚取悦于听众的暗示，而在不经意间撩拨了痴情的男子，两人目光交汇的一刹那，情感交融，心意相通。

下阕写男子与女子间的欢情。"雨云深绣户，来便谐衷素"，在幽深精美的居室成就男欢女爱，两情相投。作者把"雨云"一事轻轻带过，重点转到"谐衷素"，也使得虽是艳词却不入俗流。结句"成空""春梦"又写出刚才的柔情蜜意是短暂的，宴会结束、欢愉过后，内心是空虚的，只能把自己的这种失落、寂寞寄托在梦中，也只能在春梦中去相会、思念这位女子了，这何尝不是一种无奈呢。

这首《菩萨蛮》也是李煜最经典的一首艳词。艳词曾于晚唐、五代期间风靡士大夫群体，著名词人温庭筠、李煜都有创作过，五代艳词的代表作便是《花间集》。有人认为艳词下流，不合礼教，有人认为其格调低浅，华而不实，因而这种形式的词饱受偏见，但是到了宋代，仍有很多人创作，柳永和周邦彦就写过不少艳词，在一定程度上丰富了宋词。李煜本就是风流多情，与他帝王的身份有关，与他丰富的情感体验有关，但是这首艳词却恰到好处，没有堕入浅薄俗陋之流。

阮郎归①·呈郑王②十二弟

东风吹水③日衔山④，春来长是⑤闲。落花⑥狼藉酒阑珊，笙歌⑦醉梦间。

珮声悄⑧，晚妆残⑨，凭谁⑩整翠鬟⑪？留连光景惜⑫朱颜⑬，黄昏独倚阑⑭。

注释

①阮郎归：此词牌名于《花草粹编》中注曰："一名'醉桃源''碧桃春'。"《草堂诗馀》《古今词统》中题作"春景"。吴讷《唐宋名贤百家词》本引《二主词》于此词牌名下均注"呈郑王十二弟"，篇末有注："后有隶书'东宫书府'印。"

②郑王：李煜弟李从善。

③吹水：《乐府雅词》《近体乐府》《醉翁琴趣外篇》中均作"临水"，《近体乐府》罗泌校语云："'临水'一作'吹水'。"

④日衔山：日落到了山后。衔，《花间集补》中误作"御"，包藏的意思。

⑤是：《词谱》中作"自"。长是闲，总是闲。

⑥落花：侯文灿《十名家词集》本引《阳春集》中作"林花"，吴讷《唐宋名贤百家词》本引《阳春集》作"薄衣"。

⑦笙歌：吹笙唱歌。

⑧珮声悄：侯文灿《十名家词集》本引《阳春集》，《欧阳文忠公近体乐府》、陈钟秀校《草堂诗馀》、毛晋汲古阁本《草堂诗馀》作"春睡觉"，《欧阳文忠公近体乐府》罗泌校语云：

"'睡觉'一作'睡起'"。

⑨晚妆残：天色已晚，晚妆因醉酒而不整。残，零乱不整。

⑩凭谁：《古今词统》《词谱》《花间集补》《全唐诗》等本中均作"无人"。

⑪鬟：古代妇女梳的环形发髻，《古今诗馀醉》《醉翁琴趣外篇》中误作"環"。

⑫惜：《四印斋所刻词》引《阳春集》中作"喜"，其他本《阳春集》中均作"惜"。

⑬朱颜：美好红润的容颜，这里指青春。

⑭独倚阑：独自倚靠栏杆。独，《古今词统》《花间集补》《草堂诗馀》中均作"人"。

赏析

题曰"呈郑王十二弟"，表明这首词是赠给弟弟李从善的。李从善（940—987），字子师，元宗李璟第七子，母吴国太夫人凌氏（一说钟皇后），李后主之弟。《续资治通鉴长编·卷一二》记载："开宝四年十一月癸巳朔，江南国主煜遣其弟郑王从善来朝贡。"这一年，李从善入宋被扣留不返。俞陛云《南唐二主词辑述评》说："词为十二弟郑王作。开宝四年，令郑王从善入朝，太祖拘留之。后主疏请放归，不允。每凭高北望，泣下沾襟。此词春暮怀人，倚阑极目，黯然有原鸽之思。煜虽孱主，亦性情中人也。"这首词的创作时间当在开宝四年前后。这是一首写女子伤春闺怨的词，一个女子在傍晚饮酒以后，独自凭栏，思绪万千，怅然若失。

上阕写景。首句"风吹水""日衔山"极富动态感，东风吹过水面，波光粼粼，太阳西下，余晖映山，落日仿佛把远山衔在了口中，描写画面十分细腻、形象。此句又点明了傍晚这一时间。"春来长是闲"，这种"闲"是贯穿整个春天的，那这种"闲"是惬意的悠闲吗？接下来的两句告诉我们女主人公为了打发日子，看落花满地，酒意阑珊，整日沉醉于笙歌醉梦中，所以这种"闲"是一种百无聊赖的寂寞，是无处排遣、只能借酒消愁的苦闷。"落花狼藉"令人想到庭院内落花凌乱的景象，同时又暗示春光流逝，环境清冷，主人公内心孤独。

下阕写闺情。"珮声悄，晚妆残"，写出了期待与失望。女主人公为了等待某人，天天等，甚至都等了一个春天了，每天精心化妆修容，可是那人迟迟不来，妆容也因醉酒而残破，乌黑的云鬟也散乱不整了。有人认为此处"珮声悄"是指宫女不被皇上召唤，所以不动，因而也没有响声，以宫人不见皇上比喻李后主不见郑王。"凭谁整翠鬟"透露出一种自暴自弃之意，女为悦己者容，但是现在只剩自己一人，又打扮给谁看呢，生动地描写出女主人公黯然伤神的心理状态。结尾句"留连光景惜朱颜"是主人公的自我宽慰，春光易逝，朱颜易老，还是好好珍惜吧，心里虽这么想，可是在暮色苍茫之中，她还是一个人满腔忧愁、独自凭栏，纵使青春再美，朱颜再好，也需有人欣赏啊，可是她等的人什么时候才来呢？

　　这首词融情入景，全篇有一种凄婉哀怨的情绪。有人分析这首词是李后主盼望郑王来看自己，是对郑王的思念；也有人认为此时形势紧张，表现了李后主对前途未卜的抑郁颓丧之情。一首看似单纯的闺怨词，其实寓有所指，应该是与当时的历史背景有关的。全词有种淡淡的忧伤，又似乎不是那么沉重，应该是李煜的中期作品。

浪淘沙^①·往事只堪哀

往事只堪哀,对景难排。秋风庭院藓侵阶^②。一任^③珠帘闲不卷,终日谁来^④。

金锁^⑤已^⑥沉埋,壮气蒿莱^⑦。晚凉天净^⑧月华开。想得玉楼瑶殿影,空照秦淮^⑨。

注释

①浪淘沙:词牌名。这首词,《草堂诗馀续集》同调下有题"感念",《古今词统》同调下有题"在汴京念秣陵作"。词是李煜后期的作品。

②藓侵阶:苔藓上阶,表明很少有人来。

③一任:《花草粹编》作"一行",《续选草堂诗馀》《古今词统》作"一片",《历代诗馀》《全唐诗》作"桁"。一桁:一列,一挂。

④终日谁来:整天没有人来。宋代王铚《默记》记载:李煜在汴京,终日有老卒守门,以防其与外人接触。所以李煜降宋后,实际被隔离监禁起来。

⑤金锁:即铁锁,引用三国时吴国以铁锁封江对抗晋军之事。或以为"金锁"即"金琐",指南唐旧日宫殿。也有人把"金锁"解为金线串制的铠甲,代表南唐对宋兵的抵抗。众说皆可通。《花草粹编》《词综》《历代诗馀》《全唐诗》作"金剑"。

⑥已:《草堂诗馀续集》《古今词统》作"玉"。《古今词统》

并注:"玉,一作巳。"

⑦蒿莱:借指野草、杂草,这里用作动词,意为淹没野草之中,以此象征消沉、衰落。

⑧净:《花草粹编》《词综》《全唐诗》俱作"静"。

⑨秦淮:即秦淮河,是长江下游流经今南京市区的一条支流。《景定建康志·山川志·江湖》:"旧传秦始皇时,望气者言'五百年后金陵有天子气',于是东游以厌当之,乃凿方山,断长垄为渎,入于江,故曰秦淮。"

赏析

《浪淘沙》是李煜降宋后作品。据宋代王铚《默记》记载,李煜在汴京时,太宗有旨"不得与人接",过的完全是囚徒的生活。唐圭璋在《李后主评传》中说:"他自迁宋都后,自然是事事不得自由。他看不见江南的人物风景,他也挽不回过去的青春。仅仅有自由的梦魂,时时去萦绕他的故国。"

词作上阕写囚居的苦寂和无可排遣的悲哀。"往事堪哀""对景难排",使词人陷入了往事与今景的痛苦之中。想当年,作为一国之君,那是何等的威风快意,可是南唐破灭,如今成了阶下囚,往日的富贵繁华都烟消云散。今昔对比,一个"哀"字何其沉重,饱含了词人懊悔、自责、痛苦的复杂情绪,即使面对景物也难以排遣。然而眼前的景又是怎样的呢?小小的庭院,秋风吹过,一片肃杀凄清的气氛,爬满苔藓的台阶,触目可见,那是常年没有人行走的原因。这样的景色，不仅难以舒缓词人的心情，反倒是徒增忧伤。于是词人"一任珠帘闲不卷"，就任凭门前的珠帘慵懒地垂着，也不卷起来，毕竟是"终日"没人来。一个"闲"字不仅仅是门帘的状态，还暗示词人百无聊赖、无人倾诉的孤寂。

下阕转写亡国之君的故国之思。"金锁已沉埋"一句让人想到刘禹锡的《西塞山怀古》："千寻铁锁沉江底，一片降幡出石头。"西晋太康元年(280)，晋武帝司马炎命王濬率领西晋水军，顺江而下，讨伐东吴。东吴的亡国之君孙皓，凭借长江天险，并在江中暗置铁锥，再加以千寻铁链横锁江面，自以为是万全之计，谁知王濬用大筏数十，冲走铁锥，以火炬烧毁铁链，直取东吴都城建业。南唐也曾寄希望于凭借长江天堑防守敌人，而樊若水向宋太祖献策，架起浮桥渡兵，直接导致了南唐的灭亡，其命运与东吴相同。"壮气蒿莱"是说豪壮的气概都湮没在了荒郊野草之中，令人无限叹息。词人在庭院中徘徊了许久，也想了很多，不知不觉已经是夜晚了，明月都出来了。遥想千里之外的故都金陵，月光洒满秦淮河，那河畔的楼殿，只有影儿投入河里，一切繁华旧事都成空。可谓是"故国不堪回首月明中。雕栏玉砌应犹在，只是朱颜改"。"想得玉楼瑶殿影，空照秦淮"一句也是李煜所有词中与金陵直接相关的一句，"空"字蕴含了无尽的辛酸和哀苦，以及对故国故都的无尽思念。身在汴京，心怀金陵，却再也回不到自己的家园，一国之君却也落得个惨淡的下场。

此词借景抒情，今昔对比。格调上既有婉约之气，又不

71

失豪放。词作技艺高超,情感深厚。故清陈廷焯《云韶集》中评价说:"起五字凄婉,却来得突兀,故妙。凄恻之词而笔力精健,古今词人谁不低首。"

采桑子·辘轳金井梧桐晚

辘轳金井梧桐晚,几树惊^①秋。昼^②雨新^③愁,百尺虾须^④在^⑤玉钩^⑥。

琼窗春断^⑦双蛾^⑧皱,回首边头^⑨。欲寄鳞游^⑩,九曲^⑪寒波不泝流^⑫。

注释

①惊:《词林万选》作"经"。

②昼:刘继增《南唐二主词笺注》云"一作旧"。

③新:《草堂诗馀》《词林万选》《啸余谱》作"和",《花间集补》《古今词统》《历代诗馀》《全唐诗》作"如",《古今词统》云"如,一作和"。

④虾须:因帘子的表状像虾的触须,所以用"虾须"作为帘子的别称。《类编草堂诗馀》注中云:"虾须,帘也。"唐代陆畅《帘》诗中有句"劳将素手卷虾须,琼室流光更缀珠",用法相同。

⑤在:《草堂诗馀》《词林万选》《花草粹编》《啸余谱》《花间集补》《古今词统》《历代诗馀》《全唐诗》作"上"。

⑥玉钩:玉制的钩子。这句话是说长长的帘子挂在玉钩上。

⑦春断:这里指情意断绝,即男女相爱之情断绝。

⑧双蛾:《花草粹编》《花间集补》等本中均作"双娥",即美人的两眉。

⑨边头：指偏僻而遥远的地方。

⑩鳞游：游鱼，这里借指书信。

⑪九曲：萧江声钞本《二主词》中"曲"作"月"。九曲形容黄河河道的迂回曲折，这里代指黄河。九泛指多数，遂以九曲代指黄河。

⑫沂流：倒流。沂同"溯"，逆流而上。

赏析

这首词写女子相思的愁苦，主人公悲秋伤怀、思念远人。有人认为其中还另有寓意，是李煜以闺中女子自比，表达对弟弟李从善的思念。李煜把自己的愁与词中女子的愁交叠在一起来抒发。俞陛云在《南唐二主词辑述评》中说："上阕宫树惊秋，卷帘凝望，寓怀远之思。故下阕云回首边头，音书不到，当是忆弟郑王北去而作。与《阮郎归》调同意。"

上阕写女主人公在屋内眺望室外之景。先点出"辘轳""金井""梧桐"三物，"辘轳"为井上汲水的工具，而"梧桐"在古人心目中，往往种在井边，与"金井"相生相伴。此句与南朝梁吴均的"玉栏金井牵辘轳"，唐代王昌龄的"金井梧桐秋叶黄"有异曲同工之妙。三个景物紧密罗列，透露出了一种肃静的气氛。紧接着一个"晚"字暗示时间，既可以指黄昏之时，也可以指从早到晚的时间变化，主人公或许是一个人待了很久吧。"几树惊秋"给这幅画面增添了动态感，"惊"是秋风吹过树叶的沙沙声，是雨打梧桐的凌乱声。表面写"树惊"，实际上是"人惊"，主人公心中的愁思便悄然而起。下一句"昼雨新愁"，"新"字也作"如"，既然是昼雨，应该下了一天了吧，秋雨绵绵，正如主人公无尽的愁思。心绪和雨丝交织在一起，无边无际。女子独坐深闺，卷起精美的垂帘，凝神望向远处，旧愁之上又添新愁。

下阕转写室内之景。以"琼窗"承接上阕的"百尺虾须"，过渡十分自然。"春断"一是指此时是秋天，明媚的春光一去不复返，光阴流逝，过去美好的生活也已远去；二是指内心情丝的无处寄托。想到这些，女子不禁微微皱起了双眉，是失望的表现，也是辛酸的流露。"回首边头"，是说她思念的人儿在那遥远而又偏僻的地方。最后一句进一步表明她的心迹，"欲寄鳞游，九曲寒波不泝流"，想要寄书信，可是黄河寒波滔滔，送信的鱼儿如何能够逆流而上？主人公的愁思最终被这滔滔的黄河之水淹没，最后一丝希望也破灭，只能在孤独寂寞中苦苦守望。

全词写景与写情交相辉映、紧密结合，既有正面描写，也有侧面烘托，将思妇的情状表现得淋漓尽致，委婉感人。窗外之景与室内之人联系在一起，也把这寂寥萧瑟的秋景与孤独伤心的人儿联系在一起，一切景语皆情语，整首词读来更加哀婉深沉。明代李于鳞评价这首词说："上'愁绝不绝浑如雨'，下'情思欲诉寄与鳞'。观其愁情欲寄处，自是一字一泪。"

虞美人·风回小院庭芜绿

风回小院庭芜①绿,柳眼②春相续③。凭栏半日独无言,依旧竹声④新月似当年。

笙歌未散尊前⑤在,池面冰初解。烛明香暗画堂深,满鬓清霜残雪⑥思难任⑦。

注释

①庭芜:庭院里的草。芜,丛生的杂草。

②柳眼:柳芽之初舒者曰柳眼,即早春时柳树初生的嫩叶。

③春相续:庭草先绿,稚柳继黄,是为春光相续。

④竹声:竹制管乐器发出的声音。竹,古乐八音之一,指竹制管乐器,箫、管、笙、笛之类。

⑤尊前:酒樽之前,指酒筵上。唐代刘禹锡《洛中春末送杜录事赴蕲州》:"尊前花下长相见,明日忽为千里人。"

⑥清霜残雪:形容两鬓苍苍如霜雪。

⑦难任:难以承受,难堪;一本作"难禁",意同。

赏析

这首词通过描写充满生机的美好春景引出对以往岁月的回忆,抒发了作者对往事不堪回首的怨痛之情。根据描写的内容和抒发的感情来看,这首词应作于李煜亡国之后,是其后期作品。

　　词的开头描写小院春景,风回小院,绿芜春柳,以极其简明的语言刻画出生机勃勃、绿意盎然的春景。"柳眼春相续"一句以柳芽初生预示了春的到来,"相续"显示了时间的变换,一年一年的春景相继到来,却也显示了一年一年的时光逝去。岁月的流逝,春景依然,人却难复从前。"凭栏半日独无言",春光正好,作者却无心欣赏,无言独上层楼,寂寞庭院,空度时光,作者心中愁思难解。"依旧竹声新月似当年",春景依旧,往事却不堪回首。春光在眼,却无法让他开怀,反而令他想起昔日景象,那是他记忆中的故国之景,犹记当时新月竹声,却再难有往日心境。故国虽好,如今也只能梦里相见,美好的春景与作者的寂寞形成鲜明对比,反衬出作者内心的痛苦、怨愤。

　　由"当年"一句引入下阕回忆情景,下阕写他忆起当年笙歌宴饮之乐,笙歌未散,酒樽仍在。初春到来,冰池融解,这是多么让人高兴而欢快的呀!"烛明香暗画堂深,满鬓清霜残雪思难任",画堂深沉,满鬓霜雪,故国之思,痛苦难言,在经历了国破家亡、痛苦屈辱的囚禁之后,连记忆中那些美好的时光都蒙上了一层阴影,仿佛从梦中惊醒,记起了自己难堪危险的处境,故国虽好,他却再也无法回去了;春景虽美,他却再也无法欣赏了。如今的他已满鬓霜雪,只能在对故国的思念和亡国的痛苦中艰难度日,回忆的虚景与现实的处境产生了鲜明的对比。故国生活的奢华与快乐,现今处境的危险与屈辱,让他更加痛苦,在对往昔生活的怀念中伴随着现实的痛悔哀怨之情。

这首词以春景描绘入手，转入人的感受，风回草绿，又是一年春色，作者却无心欣赏，寂寞凭栏，心中怅惘，又忆当年今日，景物依旧，故国却早已不堪回首。下阕回忆当年宴饮之乐，而今已满鬓霜雪，再难承受，情真意深，令人悲痛。通过今昔生活对比表达自己对故国的思念，通过对生机勃勃的春景描写寄托对故国的哀思怀念和对现实生活的痛苦怨愤之情。全词以写景为主，由景入情，情景交融。虚实之景，往昔与现实，互相映照，情感交错。作者借伤春以怀旧，借怀旧以发怨，结构巧妙，过渡自然，意象生动，感情真挚。

金陵作为曾经的南唐都城，经历了南唐的繁华与灭亡，承载了李煜宫廷生活的记忆，也是他心心念念的故国之地。如今南唐已被封存在历史的尘埃中，但行走在金陵城中，或许我们仍可在街头巷间之间寻得昔日传说，于旧时遗址间窥得当时风貌。

玉楼春①·晚妆初了明肌雪

晚妆初了②明肌雪③,春殿④嫔娥⑤鱼贯列⑥。笙箫⑦吹断水云间⑧,重按⑨霓裳⑩歌遍彻⑪。

临春⑫谁更飘香屑⑬,醉⑭拍⑮栏干情味⑯切⑰。归时休照⑱烛花红⑲,待放⑳马蹄清夜月。

注释

①玉楼春:词牌名,又名《归朝欢令》《呈纤手》《春晓曲》《惜春容》《归朝欢令》等。以五代顾夐词《玉楼春·拂水双飞来去燕》为正体,双调五十六字,前后段各四句三仄韵。另有双调五十六字,前段四句三仄韵,后段四句两仄韵等变体。代表作有宋代欧阳修《玉楼春·尊前拟把归期说》等。

②晚妆初了:晚妆刚结束。晚妆,《全唐诗》中作"晓妆"。初了,刚刚结束。

③明肌雪:形容肌肤明洁细腻,洁白如雪。唐代韦庄《菩萨蛮》"皓腕凝霜雪",亦是用白雪形容肌肤清亮光洁。

④春殿:即宫殿,以其豪华、盛大而称"春殿"。唐代李白《越中览古》:"宫女如花满春殿,只今惟有鹧鸪飞。"

⑤嫔娥:这里泛指宫中女子。

⑥鱼贯列:像游鱼一样一个挨一个地依次排列,这里指嫔娥依次排列成行的样子。

⑦笙箫:《词综》《历代诗馀》《古今词统》《全唐诗》等

本作"凤箫",《花草粹编》作"笙歌"。笙箫即笙和箫,泛指管乐器。

⑧水云间:吕远墨华斋本《二主词》、侯文灿《十名家词集》本引《二主词》、吴讷《唐宋名贤百家词》本引《二主词》于"间"处空格,《全唐诗》《花草粹编》《古今词统》《词综》等本中均作"水云闲",《松隐文集》作"水云中"。

⑨重按:重奏,一遍遍地演奏。按,弹奏。

⑩霓裳:《霓裳羽衣曲》的简称。唐代宫廷著名乐曲,传为唐开元年间(713—741)河西节度使杨敬述所献。初名《婆罗门曲》,后经唐玄宗润色并配制歌词,后改用此名。唐代白居易《琵琶行》中有句:"轻拢慢捻抹复挑,初为《霓裳》后《六幺》。"

⑪歌遍彻:唱完大遍中的最后一曲,说明其歌曲长、久,音调高亢急促。遍,大遍,又称大曲,即整套的舞曲。大曲有排遍、正遍、遍、延遍诸曲,其长者可有数遍之多。彻:《宋元戏曲史》中云:"彻者,入破之末一遍也。"《六一词》引《玉楼春》有"重头歌韵响铮,入破舞腰红乱旋"之句,可见曲至入破以后则高亢而急促。

⑫临春:《词综》《历代诗馀》《古今词统》《全唐诗》等本中均作"临风"。郑骞《词选》中云:"临春,南唐宫中阁名,然作'临风'则与'飘'字有呼应,似可并存。"

⑬飘香屑:相传后主宫中的主香宫女,拿着香粉的粉屑散布于各处。香屑,香粉。

⑭醉:心醉、陶醉。

⑮拍:拍打,这里兼有为乐曲击出拍节之意。

⑯情味:《花草粹编》《词谱》等均作"情未"。

⑰切:恳切,真挚而迫切的心情。

⑱休照:《词综》《词谱》《历代诗馀》《全唐诗》等本中作"休放"。

⑲烛花红:指明亮的烛光。烛花,"晨风阁丛书"本《二主词》作"烛光"。

⑳待放:《词综》《历代诗馀》等作"待踏"。

赏析

此词是李煜创作于南唐全盛时期的一篇代表作,可以说是一场大型的宫廷舞会的实录,描绘了当时宫廷宴舞赏乐的情形。

首句"晚妆初了明肌雪,春殿嫔娥鱼贯列",写出了宫娥的美貌及出场表演时的有序状态。"晚妆初了明肌雪"写晚妆初罢的宫娥之美,所谓"晚妆",是为了适应灯烛的光线而作的妆容,往往是为宴饮和歌舞所作。"初了",妆容初罢,是化妆之后脸上妆容最美的时刻,所以才有了"明肌雪",妆容初罢,肌肤胜雪,明亮照人,写出了宫娥的明艳之美。"春殿嫔娥鱼贯列"写出了献舞的宫娥人数之多,"春殿"点明了地点,春字流露出生机和美好,与这些美人照应,"鱼贯列"则是写出了宫娥排列整齐、有序。美丽的宫娥从殿中鱼贯而出,登场献舞,由此可以想见宴会的花团锦簇,一派繁盛景象。

下一句"笙箫吹断水云间,重按霓裳歌遍彻",则是描写宴会上演奏的音乐。"笙""箫"均为乐器,"吹断"即尽兴而吹,"水云间"则指笙箫乐音飘散水云之间,与水云一同飘荡、飞扬,写尽了乐声的美妙,烘托了宴会的欢乐气氛。"重按霓裳"指多次弹奏《霓裳羽衣曲》,进一步表现出弹奏的恣意和欢乐。《霓裳羽衣曲》是唐玄宗时代最为著名的大曲,着意表现虚无缥缈的仙境和仙女形象。白居易《长恨歌》云:"渔阳鼙鼓动地来,惊破《霓裳羽衣曲》。"视之为宫廷乐舞的典范,可惜天宝之后它的曲调失传。到南唐时文辞大体亡失,只余残句,后主与大周后都精通音律,重新整理了这一名曲,于宫中演奏此曲。"歌遍彻",唱完大曲中的最后一曲,说明其歌曲长、久,音调高亢急促。笙箫吹断、重按霓裳,可见乐曲让宴会更加欢乐与纵情。这一句描写了春殿之中歌舞欢畅的场景,也显示出了后主在这一时期耽于享受、纵情声乐的状态。

下阕"临风谁更飘香屑,醉拍栏干情味切"一句仍是写宴会之乐。相传后主宫中有主香宫女,拿着香粉的粉屑散布于各处。临风散香,香气飘散,闻得氤氲香气却不见散香之人,故问之"谁"。"更"为更加之意,进一步突出了宴饮的欢乐。此句与之前的晚妆宫娥、笙箫、霓裳相呼应,写出了多种感官的享受,正是"极耳目视听之娱",使人仿佛置身于这欢乐的场景之中。"醉拍栏干情味切",不仅美酒醉人,气氛欢乐也让人沉醉其中,故而意兴飞扬、手拍栏杆,可见后主忘情沉醉、纵情享乐。

尾句"归时休照烛花红，待放马蹄清夜月"，写宴罢归去的情景。前几句写尽了宫廷宴会的热闹欢乐，结尾处却显得寂静清雅，湮灭烛火，马踏清月，更凸显了喧嚣热闹之后的沉寂之感。"休照烛花红"指不许点燃烛火，寂静之夜，虽无烛火，却有月色。"放马蹄"让人联想到骏马奔跑的声音，万籁俱寂，只余马蹄声响，一声声都仿佛踏在人的心上，在这寂静的夜里显得格外清晰，马蹄声仿佛就在耳边，使人有身临其境之感。全词自然奔放，真切动人，开篇喧闹繁盛，欢乐至极，结尾处清净淡雅，骑马踏月。

由这首词描写的内容和表达的情感可以看出，这是李煜早期的作品。当时李煜是一国之君，文采风流，意气风发，过着奢侈、享乐的生活。这时的他，还没有经历亡国的痛苦和寄人篱下的耻辱，他身份尊贵，万众景仰，宫廷生活富足而奢华；他雅好文艺，书画俱佳，作词弹曲；他与皇后情深义重，志趣相投，琴瑟和谐，这些都在这首词中有所体现。

如今的金陵城繁华依旧，那文采风流的李后主和奢华欢乐的宫廷宴会都已被历史的尘埃掩埋，只有那南唐宫城的遗址，还有历经了无数岁月斑驳的老旧城墙，在诉说着曾经的往事。

子夜歌·寻春须是先春早

寻春须是先①春早,看花莫待花枝老。缥色玉柔擎②,醅③浮④盏面清。

何妨频笑粲⑤,禁苑⑥春归晚⑦。同醉与闲评⑧,诗随羯鼓⑨成。

注释

①先:《花草粹编》中作"阳"。这句意思是,要寻春就应该在春天到来之前。

②缥色玉柔擎:缥色,浅青色,青白色,这里指代酒。玉柔:像玉一样洁白柔嫩,这里指女人洁白柔嫩的手。擎:举起。

③醅:没有过滤的酒,这里泛指酒。

④浮:这里指酒漫上杯。

⑤频笑粲:频频地欢笑。粲:笑貌,露齿而笑。《春秋谷梁传·昭公四年》:"军人粲然皆笑。"

⑥禁苑:帝王的园林,禁人随意进入,故称"禁苑"。

⑦春归晚:指春天过去得比较晚,意思是春天的景色有较长的时间可以供人们玩赏。

⑧闲评:随意议论、品评,或作"闲平"。

⑨羯鼓:《历代诗馀》中作"叠鼓",吴讷《唐宋名贤百家词》本引《二主词》中作"揭鼓"。羯,是匈奴之别族。羯鼓是羯族一种打击乐器,形似漆桶,置于牙床之上。《通典·乐典》

记载:"羯鼓,正如漆桶,两头俱击。以出羯中,故号羯鼓,亦谓之两杖鼓。""诗随羯鼓成",意思是赋诗随羯鼓的敲击而完成,羯鼓一响赋诗开始,羯鼓一停,所赋之诗即成。

赏析

这首词描写的是王宫禁苑之中饮酒赋诗的游乐生活,是词人早期的作品,全词自然朴实,简洁明快,展现了词人纵情游玩、耽于享乐的情景。

词的开头"寻春须是先春早,看花莫待花枝老",直抒胸臆,抒发了词人及时行乐、莫负春光的感叹。作者虽身为一国之君,却也会为这简单而美好的春景感叹不已,可见其想法纯真,追求简单纯真的快乐,如此难能可贵的赤子之心,使人有亲切真实之感。早春时节,万物复苏,生机盎然,这样的良辰美景,当然是要及时行乐,踏春游玩,才不辜负这大好时光和青春韶华。杜秋娘有诗云:"花开堪折直须折,莫待无花空折枝。"与此句有异曲同工之妙。提醒人们珍惜时光,莫负春景,不虚度这美好时光。"缥色玉柔擎,醅浮盏面清"描写了饮酒的场面,"玉""柔"是对美人纤纤玉手的描写,这两个字给人以清新淡雅之感。既有美人,又怎么少得了美酒呢? 美酒在手,举杯欢饮,身侧是美人相伴,好一段纵情享乐的欢乐时光! 美人、美酒相互映衬,使人沉溺其中,让人心情愉悦,不忍离去。

词的下阕是对禁苑游玩、饮酒赋诗的具体描写,"何妨频笑粲,禁苑春归晚",灿烂笑颜,游玩宫苑,这是多么恣意快乐之事呀。在禁苑之中尽情游玩，赏尽春景，写出了词人无所拘束的状态。沉醉于美好的春光之中，春日美景也仿佛一直停留，供人观赏。"同醉与闲评，诗随羯鼓成"，描写了酒醉之时，闲谈赋诗的场景。与人同醉，闲评世事，"闲评"可见并不郑重，然而作者身为一国之君，言行理当慎重，却与人饮酒，谈论世事，其性格可见一斑。"诗随羯鼓成"，古有曹孟德"横槊赋诗"、曹子建"七步成诗"，均被传为一时佳话，青史留名。今日词人"随羯鼓成诗"，意欲效仿先人，可以想见词人当时潇洒自在和意气风发的状态。

　　全词不事雕琢，自然清新，给人以真实亲切之感，是作者早期的作品，通过描写他纵情行乐、游苑饮酒赋诗的场景，表达出作者对于美好景色和快乐时光的享受和追求。王国维《人间词话》："词人者，不失其赤子之心也。故生于深宫之中，长于妇人之手，是后主为人君所短处，亦即为词人所长处。"李煜的出身及成长环境造就了他的性格，身为一国之君，却优柔寡断，无心政事。他虽疏于治国，却工于文辞，成就颇高。从这首词中我们也可以看出词人作为国主却无心政事、纵情玩乐的场景。对于生于深宫、长于富贵荣华的词人来说，踏青游玩、饮酒赋诗或许才是他生活的乐趣所在。金陵城春光无限美好，那少年国主于此得半生逍遥。

谢新恩[1] · 金窗力困起还慵

金窗[2]力困起还慵。（余缺）[3]

注释

①谢新恩：词牌名，《临江仙》之别名，格律俱为平韵格，双调小令，字数有五十二字、五十四字、五十八字等，分两阕，上下阕各五句，三平韵。

②金窗：华美的窗子。汉代张超《灵帝河间旧庐碑》："金窗郁律，玉璧玎珰。"唐代李白《双燕离》诗："玉楼珠阁不独栖，金窗绣户长相见。"

③余缺：王国维校勘记云："'金窗力困起还慵'七字，据《全唐诗》《历代诗馀》，当在第十四阕'新愁往恨何穷'句之下，误脱于此。"

谢新恩·秦楼不见吹箫女

秦楼①不见吹箫女，空余上苑风光。粉英金蕊②自低昂③。东风恼我，才发一衿香④。

琼窗⑤梦笛残日，当年得恨⑥何长！碧阑干⑦外映垂杨。暂时相见，如梦懒思量。

注释

①秦楼：秦穆公为其女弄玉所建之楼，亦名凤楼。相传秦穆公女弄玉，好乐。萧史善吹箫作凤鸣。秦穆公以弄玉妻之，为之作凤楼。二人吹箫，凤凰来集，后乘凤，飞升而去。事见汉代刘向《列仙传》。后人遂以"凤去楼空"表示思念故人。

②粉英金蕊：粉色的花瓣和金黄色花蕊，此处泛指花朵。

③低昂：高低，高下。

④一衿香：衿：同"襟"。是以人的感受说明香的程度。一般指不能指出形状的事物，类似的情况有：唐代徐仲雅《赠齐己》："骨瘦神清风一襟，松老霜天鹤病深。"唐代吕岩《沁园春》："有一襟风月，两袖云烟。"一说，堂后（北）叫背，堂前（南）叫襟，一襟香：指堂前一面有香。

⑤琼窗：精美华丽的窗子。琼，美玉，此处当精美讲。

⑥得恨：抱恨，遗憾。

⑦碧阑干：绿色栏杆。

赏析

这首词是怀人之作,应是李煜思念大周后所作,全词表达了对大周后的思念之情,情意绵绵,哀婉凄切,令人怅惘。李煜与大周后的爱情故事也是令人感叹的。大周后名娥皇,她在文史记载中是个多情贤惠、美丽多才的女人,据陆游《南唐书》载,她精通书史,善音律,尤工琵琶。元宗(后主父亲)赏其艺,赐以焦桐琵琶。周娥皇十九岁时与李煜成婚,乾德二年(964)病逝。周娥皇与后主感情甚笃,李煜曾为其创作诗词,及其去世,后主悲痛不已,作《昭惠周后诔》《挽辞》以纪念大周后的死,他的词风也由香艳绮旎转变为感伤悲切。

首句"秦楼不见吹箫女,空余上苑风光",以秦穆公之女弄玉指代大周后,弄玉好乐,与善于吹箫的萧史乘凤仙去,这是一段美好的爱情传说,正如后主和大周后。但如今凤去楼空,斯人已逝,只留自己思念,空余上苑美好风光,却无人欣赏,也无心欣赏。"空""余"道出了作者的无奈之情,风光虽好,看到时却未尝不会想起当年爱妻仍在、把臂同游的欢乐情景,如今想来,也不过空留感伤罢了。"粉英金蕊自低昂",鲜花怒放,色彩鲜艳,可见春光明媚,景色正好,本是美好景象,却有"自低昂"三字,繁花低首,顿失春色,渲染了低沉感伤的氛围,这也是作者心情低落的反映,似佳人已去,空留伤感与无奈。"东风恼我,才发一衿香",与其说东风恼人,其实是我恼东风,怨东风不解我意,吹得百花飘香,可我却无意这百花齐放、随风飘香,独自黯然神伤。

上阕是由眼前之景抒发自己思念妻子、孤独哀伤的心情,下阕则是由回忆来抒发对大周后的思念、怅惘之情。"琼窗梦笛残日,当年得恨何长","琼窗"虽好,如今却只有我一人欣赏,残日高悬,正如我形单影只,寂寞凄凉,忆起从前美好,如今只留余恨。"碧阑干外映垂杨。暂时相见,如梦懒思量",那栏杆、杨柳都承载着昔日美好的回忆,可惜风景仍在,伊人已逝,怎叫我不感到寂寞凄凉。多年相伴,一朝诀别,忆起昔日缱绻时光,如今只是空留余恨。思念深远绵长,哪怕只能在梦中短暂相见,也情愿沉醉其中。虽是"懒思量",却也是"不思量,自难忘",这情这景,真是让人痛苦难当。

这首词上阕就眼前之景而抒情,下阕由回忆抒发对大周后的思念之情,情景交融,感情真挚。自古文人与美人,总是有着不解之缘,李煜曾为周娥皇创作多首诗词,或香艳,或柔情,或悲哀,记述了香闺韵事和儿女柔情。周娥皇亦常弹奏李煜所作的新词,大周后的曲,李煜的词,都充满旖旎绮丽的风流韵味,有如天作之合。而金陵城则见证了这段美好的爱情,并且至今仍流传着属于他们的爱情故事。

谢新恩·樱花落尽阶前月

樱花^①落尽阶前月，象床^②愁倚薰笼^③。远是^④去年今日，恨还同。

双鬟^⑤不整云憔悴^⑥，泪沾红抹胸^⑦。何处相思苦，纱窗^⑧醉^⑨梦中。

注释

①樱花：落叶乔木。春日开花，色红白，甚美，落花后结实如小球。唐代李商隐《无题》："何处哀筝随急管，樱花永巷垂杨岸。"

②象床：用象牙装饰的床。

③薰笼：又写作"熏笼"，有笼子覆盖的熏炉，可用以烘烤或熏香衣物。《东宫旧事》记载："太子纳妃，有漆画熏笼二，大被熏笼三，衣熏笼三。"

④远是："晨风阁丛书"本《二主词》作"似"。全句意思是，今日之恨与去年之恨一样。

⑤双鬟：古代年轻女子的两个环形发髻。唐代白居易《续古诗》："窈窕双鬟女，容德俱如玉。"

⑥云憔悴：头发凌乱，暗无光泽。憔悴一般指人的容颜，联系上文，云指头发，憔悴当为形容头发失去光泽而显得没有生气。汉代焦赣《易林·需之否》："毛羽憔悴，志如死灰。"

⑦抹胸：俗称"兜肚"，古代的一种内衣，有前片无后片，上可覆乳，下可遮肚，多为女子所用，又称金诃子。《太真外

传》中记载:"金诃子,抹胸也。"

⑧纱窗:蒙纱的窗子。唐代李白《宫中行乐词》其五:"绣户香风暖,纱窗曙色新。"

⑨醉:吴讷《唐宋名贤百家词》本引《二主词》中作"睡"。

赏析

这首词是一首思妇词,根据词的风格可以看出是作者前期的作品,这一时期他的词主要是对帝王宫廷生活的反映,主要描写宫廷豪华生活,宫中宴饮、美女佳人、缠绵情爱等,但由于受到生活环境的限制,接触的人物比较局限,加之受花间词派的影响,因此,他前期的词大多数表现的主要是男女相思、宫怨闺情、离情别绪和宫中的享乐生活。这首词主要描写了女主人公怀念远人的情景,通过营造清冷朦胧的氛围,表达相思愁苦之情,情感细腻,生动感人。

词的上阕写景抒情,首先描绘了自然之景,樱花落尽,阶前凉月,这是作者眼前之景,通过对眼前之景的描写,营造了孤寂清冷的氛围。樱花凋零,也正如思妇在等待中逐渐消逝的年华,月光清冷,映衬了思妇此刻的凄凉心境。此处勾勒出思妇望月怀人的画面。"象床愁倚薰笼",使得思妇的形象更加具体化了,象牙是珍贵的饰品,薰笼则给人温暖之感,主人公却"愁倚",显然温暖华丽的居室也无法让她心情愉悦,显示出了女主人公的思念之苦。白居易有诗云"斜倚薰笼坐到明",思妇孤身一人,独坐象床,使得愁思更甚。"远是去年今日,恨还同",去年今日应指离别之日,"远"点明分离时间已久，或与所思之人相隔甚远，离别之恨从分离之日起便绵绵不绝，难以消散。

下阕写女主人公因思念而起的愁容。双鬟不整，形容憔悴，正是被思念折磨，正因思念之人远在他乡，无人欣赏，因此连梳妆也不甚积极。"泪沾红抹胸"写相思之泪不尽，沾湿衣衫。抹胸是女主人公的贴身衣物，相思之泪沾湿抹胸更显其情真意切，无限哀婉，体现了女主人公为情所苦、为思念所累而容颜憔悴、衣衫不整的情景。"何处相思苦，纱窗醉梦中"，相思之苦，让人梦醒难眠。不知在梦中是否能见到日思夜想的人，可即使见到了又怎么样呢，醒过来更觉失落空虚，比起在现实中思念悲伤，竟不知哪一种更苦了？种种相思，真是让人肝肠寸断、痛苦不堪。

总体来说，此词的上阕写女主人公孤独寂寞、内心充满离愁别恨，下阕细写女子的愁容和苦思。全词主要写女主人公的相思之情，以景物描写烘托氛围，刻画人物形象生动鲜明。

叶嘉莹曾说："李后主的词是他对生活的敏锐而真切的体验，无论是享乐的欢愉，还是悲哀的痛苦，他都全身心的投入其间。"这首词虽是以思妇为题材，却写得真挚动人，想来也有词人本身的人生感叹。

谢新恩·庭空客散人归后

庭空客散人归后，画堂半掩珠帘①。林风淅淅②夜厌厌③。小楼新月，回首自纤纤④（下缺）。

春光镇在⑤人空老，新愁往恨何穷（下缺）⑥。一声羌笛，惊起醉怡容⑦。

注释

①珠帘：《全唐诗》中作"朱帘"。珠帘，以珍珠缀成的帘子。

②淅淅：指风声。

③厌厌：安静《诗经·秦风·小戎》："厌厌良人，秩秩德音。"《毛传》："厌厌，安静也。"引申为绵长。南唐冯延巳《长相思》："红满枝，绿满枝，宿雨厌厌睡起迟。"

④纤纤：细微《荀子·大略》："祸之所由生也，生自纤纤也。"引申为细长，这里形容新月。南朝宋鲍照《玩月城西门廨中》："始见西南楼，纤纤如玉钩。"

⑤镇在：常在，长驻。镇：犹常，长久。唐代褚亮《咏花烛》："莫言春稍晚，自有镇开花。"

⑥下缺：萧江声钞本《二主词》作"缺"，《花草粹编》《历代诗馀》《全唐诗》《词谱》俱无此注，下有"金窗力困起还慵"七字一句，《词谱》"窗"作"刀"。

⑦醉怡容：酒醉后快活的表情。怡，舒适愉快，喜悦的样子。

赏析

这首词词牌名在《花草粹编》《历代诗馀》《全唐诗》等书中均作《临江仙》。《词谱》在《临江仙》牌名下注曰："李煜词名《谢新恩》。"又于所录张泌词后注曰："又李煜词，后段起句'春光镇在人空老'，柳永词本之，皆与此词平仄全异。至平仄小异者，李煜词前后段第二句'蝶翻轻粉双飞'，'望残烟草低迷'。'蝶'字、'望'字俱仄声，'轻'字、'烟'字俱平声。"因此，有观点认为这首词应为两首，自"春光镇在人空老"一句起应为另一首。

《全唐诗》亦云："李后主《临江仙》前后两调，各逸其半。"且根据词的内容和写法来看，词的上阕和下阕描写的是不同季节的景物，所以这首词可能是两首残缺的词，后人在收集整理时将两首缺词合成一首，也可以视为两首。这里暂且将二者看为一首词的上下两阕。

词的上阕，通过一系列的景物描写，刻画了一个满怀愁绪、寂寞孤冷的主人公，抒发了作者的孤寂怅惘之情，借景抒情，情景相融。词的下阕描写主人公困起愁恨的心情，春光正好，人却愁恨满肠，醉中惊起，烦闷感伤。根据词的风格来看，应属于作者前期作品。

上阕"庭空客散人归后，画堂半掩珠帘"，描绘了一幅安静冷清的场景。由庭空客散可想之前宾客满堂的热闹场景，如今客散人归，只余庭院空空，更显其清冷寂静。画堂本是美好的事物，如今珠帘半掩，难见人影，显其孤寂清冷。"林风渐渐夜厌厌","渐渐"写出风声,更显夜的寂静,也显示出主人公的孤单,正因孤身一人,所以连风声都清晰可闻。"厌厌"写出夜的漫长,漫漫长夜,一人独眠,甚是煎熬。"小楼新月,回首自纤纤",纤纤弯月,笼罩着孤寂的小楼,遥望新月,感叹喧嚣散尽,留下的只有无边的孤独和寂寞。明月高悬,只影成伤,落寞之感悄然而生。

词的下阕抒写了主人公愁苦满怀的心情,"春光镇在人空老,新愁往恨何穷",这句是主人公的感叹,感叹春光仍在,岁月流逝,年华空老,新愁往恨绵绵不绝,感叹自身年华老去,青春不在。"一声羌笛,惊起醉怡容",写主人公的生活情境及形态,羌笛声起,惊起醉酒的主人公,怡容是高兴的样子,不知主人公在梦中梦到了什么高兴的事情,又或许只有醉梦之中,才能得片刻欢乐。羌笛虽只有短暂的一声,却足以让人蓦然清醒,惊觉不过是一场梦境,令人心绪低沉,无奈感伤。

金陵是六朝古都,一向繁华热闹,春去春来,花谢花开,它见证了历史的变迁,朝代的更替,岁月的流转。经历了漫长的岁月,唯一不变的只有这座城,它始终伫立着,所有的熙熙攘攘仿佛都与它无关。看过去纸醉金迷,看如今灯红酒绿,只是当所有的繁华落幕,喧嚣散尽,不知它是否也曾感到孤独。

谢新恩·樱桃落尽春将困

樱花^①落尽春将困^②,秋千^③架下归时。漏^④暗^⑤斜月迟迟,花在枝^⑥(缺十二字)。彻晓纱窗^⑦下,待来君不知。

注释

①樱花:吴讷《唐宋名贤百家词》本引《二主词》、侯文灿《十名家词集》本引《二主词》均作"樱桃"。樱花、樱桃同是蔷薇科樱属,汉代始称"樱桃"。樱花结果却以花出名,樱桃开花却以果实闻名。樱桃,因莺鸟所含食,故名含桃、莺桃,早在周代,因为樱桃是春天最先成熟的果实,因此把它作为祭献给祖宗的佳肴,被送到宗庙里供奉。汉惠帝时,叔孙通建议:"礼,春有尝果。方今樱桃熟,可献,愿陛下出,因取樱桃献宗庙。"因此皇宫之中多栽种樱桃,李煜在金陵的朝廷也不例外,且金陵空气湿润,亦利于樱桃树的栽培。

②困:吴讷《唐宋名贤百家词》本引《二主词》误作"用"。

③秋千:宋词常见的意象,在词中与女性、女性生活密切相关,多有伤春之义,是引发人们春愁离恨的媒介,也有表示游戏愉悦的意象。本为两绳下拴横板,上悬于木架,人或坐或站在板上,两手分握两绳,前后往返摆动。相传春秋齐桓公时自北方山戎传入;一说本为汉武帝时宫中之戏,作千秋,为祝寿之辞,后倒读为秋千。北宋欧阳修《蝶恋花》:"泪眼问花花不语,乱红飞过秋千去。"

④漏:即漏壶,古代计时器,铜制有孔,可以滴水或漏

沙,有刻度标志以计时间,遂简称"漏"。

⑤暗:侯文灿《十名家词集》本引《二主词》脱"暗"字,作"疑曰"。"似"系"是"字残体。王国维注:"'二字'又疑是'满阶'。"

⑥花在枝:此处脱文约十二字。也有版本不视为缺佚,而列为"变式"。根据吕远墨华斋本《二主词》、侯文灿《十名家词集》本引《二主词》中其他几首《谢新恩》,下阕开篇都是七字、五字句,与上阕相对应。且本首《谢新恩》意境与"樱桃落近春将困"基本相同,高手填词,意境不应重复。因此推断此词为李后主一首草稿。因此该词存在缺文,系残词。

⑦纱窗:在宋词中,此意象多指女子闺中闲居的惬意或优雅,但是本词中体现的是词人感悟生活的孤寂以及万物皆空的伤感意味。

赏析

此词写女子对男子的思念,当作于南唐未亡前,是李后主的一首残词,也可能是一篇草稿。写作的时间是春暮,"樱花落尽春将困"跟另一首的"樱桃落尽春归去"意思非常接近,同时与"樱桃落尽阶前月"的意境也是大同小异。

李煜的词,总是善于将不可捉摸的个人情感,通过景物的烘托,加以形象化的再现,达到一种情景交融的艺术境界。此词借景寓人,已到残春时节,满树樱花凋落,春景凋零,人亦为情所困。辖有吴地的南唐樱桃本是大江南北最茂盛、最有光彩的,但是金陵的春日十分短暂,樱花花期很短,未到暮春时节已飘散零落,凋零本是时序推移,自然衰谢,但是刺激人心,让人联想到整个春天的流逝,一个"困"字更衬托了孤凄悲凉的意境。伤春的情感在李煜词作中十分多见,意象的选择多与"花"有关,如名篇《相见欢·林花谢了春红》中"林花谢了春红,太匆匆"。这与他对待季节交替、景物变化时引发的情思十分敏感有关,而且在金陵城春光的快速流逝中,物候变化就更为显著,也更容易触发后主的感悟和伤逝之情。第二句"秋千架下归时"也有言外之意,是说主人公形单影只,孤身一人月下归来,已不见往昔二人相知相伴之景。女主人公百无聊赖,排解忧愁独自荡玩秋千,还是无法排解心中空虚,所以从秋千架下归来,依旧是满腔的惆怅与寂寞。

随着等待时间的推移,月已西斜,夜漏的水已快滴尽,滴声非常缓慢,说明夜晚将过,天色将明。用"漏暗迟迟""斜月"反映出女子等待的时间太久了,不明言苦而痛苦自现。"彻晓纱窗下",女子独自坐在碧纱窗下,继续等候,直到天明破晓,"彻"字蕴藏着多少煎熬时刻,蕴含着一片片真挚的感情。最末一句"待来"二字说明女子一系列行为目的只是为了等待他的到来,"君不知"说明最终未能见面,不仅如此,这一句更是女子内心的独白,道出了主人公内心的痛苦,表现出一片痴情。

后主的词表达含蓄,艺术高妙,得此可见一斑。此词营造审美意境独特而幽深,手法卓越,将内在的真情与环境融为一体,展现出作者对季节变换和自然现象的细腻感知。虽为残篇,却难掩其光彩。

谢新恩·冉冉秋光留不住

冉冉①秋光留不住,满阶红叶②暮。又是过重阳③,台榭④登临处,茱萸⑤香坠。

紫菊⑥气,飘庭户,晚烟⑦笼细雨。雍雍⑧新雁咽寒声⑨,愁恨年年长相似⑩。

注释

①冉冉:慢慢地、渐渐地,这里指秋天的日子一点点渐渐地流逝。

②红叶:代指枫树的叶子,枫树的叶子到秋天都变成了红色,统称红叶。这里也指飘落的枯叶。

③重阳:节日名。古人以九为阳数,因此农历九月初九称为"重九"或"重阳"。魏晋之后,这一天常常登高游宴,后成为习俗。流传至今,增加了敬老的意蕴。

④台榭:台和榭,也泛指楼台等建筑物。台:高而上平的建筑物,供观察眺望用。榭:建筑在高土台上的敞屋,多为游观之所。

⑤茱萸:植物名,香味浓烈,可入药。中国古代有在重阳节佩戴茱萸以去恶辟邪的风俗。王维《九月九日忆山东兄弟》中有句:"遥知兄弟登高处,遍插茱萸少一人。"香坠:装有香料的坠子。

⑥紫菊:紫色菊属的植物,多生长在湿润的南方,气香,也可用作中药。

⑦晚烟:日落时的云气,也指晚霞。

⑧雍雍:一作"雝雝",鸟的和鸣声。

⑨咽寒声:咽,呜咽;寒声,战栗、悲凉的声音。

⑩似:《词律拾遗》《历代诗馀》中作"侣"。

赏析

这首词据《历代诗馀》注:"单调,五十一字,止李煜一首,不分前后段,存以备体。"刘继增《南唐二主词笺注》中也说它:"既不分段,亦不类本调,而他调亦无有似此填者。"而依《词律拾遗》则作"补调",其注曰:"此词不分前后迭,疑有脱误。叶本(叶申芗《天籁轩词谱》)于'处'字分段。"依此说。

诗歌的本质是抒情的,富有生命力的诗词,不仅能准确捕捉词人对现实人生的深刻体会,而且能使其抒发个人独特生动的情感,特别是一个善写诗词的作者会把自己的体会扩大,从而抒写出人类共同的情感本质。这首《谢新恩》不仅是六首同词牌名作品的点睛之作,而且是六首同名作品之中最能抒情并打动读者心灵的佳作。

从背景看,这首词是李煜前期的词作,写在他国破家亡前。这首词既继承了李煜前期词作重视光、景、香结合的特征,又比同时期艳情词作多了一些厚重的悲凉感。与其他同时期词的酣畅绮丽甚至柔美香艳不同,这首词带给读者的是一种悲切凄凉产生的哀婉意境。据记载,乾德二年(964)是李煜亡国前最悲伤的一年,这一年他的爱子仲宣病逝,心爱的大周后一病不起,不久离世,李煜身为国君,却无法留住心爱之人的生命。加之这一年李煜遣使致书宋太祖，求他放还七弟李从善，遭到拒绝。李煜的心境平添了一股悲凉之感。这组词便是创作于这一时期，所表达的感情既怀念贤妻、爱子，也担心兄弟和国事。单谈这首词，借登高览秋，暗暗抒发了作者手足分离、时序如流的复杂心绪。

开篇写景，鲜明而真切。一切景语皆情语，词人眼见"满阶红叶暮"，所以慨叹"冉冉秋光留不住"。适逢"又是过重阳"，想到过去"台榭登临处"。诗人把景和情连贯在一起，自然地流露伤感之情。"又是"，为下文"年年"埋伏笔。"留不住"三字，写出对时光的无限珍惜之情。第二句"满阶红叶暮"反衬挽留秋天的急切心情，"暮""秋"二字既点明时间，又极为含蓄地烘托了氛围。第三句照应第一句"秋光"二字，申明节令正当重阳节，虽然是登高的佳节，但作者看到的却是红叶的夕阳西下，心境之悲可想而知。第四句是自然的铺叙，说明地点"台榭登临处"。下句"茱萸香坠。紫菊气，飘庭户"，是写眼前近景，紫菊之气绝非普通花的艳香，而有一种药香，而且紫色属于冷色调，这三句也是追怀过去。重阳登高是惯例，茱萸、菊酒，也渐成风气。这三句写登高所闻所见，暗用"遥知兄弟登高处，遍插茱萸少一人"之意，以寄托手足之情。化典不着痕迹，巧妙天成。李煜有兄弟多人，但佳节无法团聚。所谓"雍雍新雁咽寒声"，或亦隐有雁行之意《诗经·邶风·匏有苦叶》："雝雝鸣雁，旭日始旦。士如归妻，迨冰未泮。"此处显然不是完全取此义，但是焦急的等待之情却跃然纸上。

"晚烟笼细雨",是为"咽寒声"作铺垫,着重写情志。一处巧妙的烘托,是景语,也是情语,万千思绪尽在其中。此时作者又听到雁鸣声,写所闻所见,听觉、视觉结合在了一起。暗以雁声喻书信,既明写季节变迁,照应开头"冉冉秋光"四字,又兼寄思念兄弟之情,直接引出尾句的"愁恨年年长相似"来。

对于"愁"与"恨",《说文解字》:"愁,忧也;恨,怨也。"两个词连在一起则是意味着对未来的忧心与过去的怨念连为一体,抒发出主人公已经跳脱出女子怨妇的藩篱,自己走到前台,国、家、身世之伤却使其感到格外伤感。刘鹗云"李后主以词哭",正是对其个人悲剧已注定的感慨。从而引发所有人的共鸣,结尾一句直接上升到了哲理的程度。

全词的景物具有明显的江南特征。乐景哀情、哀景哀情共同使用,既加重了悲情,也可以表现出作者的创作心理。艺术心理学认为,一切视觉表象都是由色彩和亮度产生的,物象的色彩越明快,形状越清楚,给人的视觉印象就越强烈。"夕阳""晚烟""紫菊"这些冷色调的意象使用,也是作者创作时悲凉心理的文学呈现。从地域性角度而言,金陵秋冬之交落叶纷纷,有种悲秋之感,天气也时热时寒,外界的环境触发了作者的创作心理。"红叶""晚烟""细雨""新雁"等引人恨恨的凄冷意象,再加上作者有意点染的"暮""咽"等情状,一幅晚秋的金陵图景氤氲笼罩了全篇。

总体上说,全词由重阳登高,而及登高所见所闻,再到手足亲情,一脉相承,其中句法参差跌宕,错落有致,富于匠心。全词看似全写景物,只在结尾才点出主观之情,然而在这景物描写中却早已注入了强烈的主观感情色彩。王夫之在《姜斋诗话》中说:"虽有在心、在物之分,而情生景,景生情,哀乐之触,荣悴之迎,互藏其宅。"全篇景中透情,情中带景,情景交融,含蓄婉转,展现出非凡的艺术功力。

破阵子①·四十年来家国

四十年来②家国，三千里地③山河。凤阁龙楼④连霄汉⑤，玉树琼枝⑥作烟萝⑦，几曾识干戈⑧？

一旦归为臣虏，沈腰⑨潘鬓⑩消磨。最是仓皇辞庙⑪日，教坊⑫犹⑬奏别离歌，垂⑭泪对宫娥。

注释

①破阵子：词牌名，又名《十拍子》等。定格为宋代晏殊《破阵子·海上蟠桃易熟》，此调双调六十二字，前后段各五句三平韵。代表作有宋代辛弃疾《破阵子·为陈同甫赋壮词以寄》等。

②四十年来：这里指南唐建国至亡国三十九年，取整数表示大约的概念。

③三千里地：与上句对应，也应为取整数表示大约概念。《东坡题跋》《苕溪渔隐丛话》《诗话总龟》《词苑丛谈》作"数千里地"。

④凤阁龙楼：华丽的楼阁。龙楼：朝堂。凤阁、龙楼连用一般表示帝王的居所。

⑤霄汉：极言天空广阔。

⑥玉树琼枝：泛指帝王苑囿中的各种名贵花木。

⑦烟萝：草树茂密，烟聚萝缠，因此称作烟萝。形容树枝树叶非常茂密，就好像烟雾缭绕。

⑧识干戈：指经历战争。干戈原指兵器，这里泛指战争。

⑨沈腰:腰围减少。此处用典,沈指沈约,《南史·沈约传》:"言已老病,百日数旬,革带常应移孔。"后用沈腰指代人日渐消瘦。

⑩潘鬓:同为用典,潘指潘岳,潘岳曾在《秋兴赋》序中云:"余春秋三十二,始见二毛。"后以潘鬓指代中年白发。

⑪辞庙:辞:离开。庙:宗庙,古代帝王供奉祖先牌位的地方。这里指李煜被宋人俘虏,告别故土祖先。

⑫教坊:唐高祖置内教坊于禁中,掌教习音乐,属太常寺。

⑬犹:《全唐诗》《词林纪事》作"独"。

⑭垂:一作"挥"。

赏析

这首词上阕写南唐曾有的繁华和作者自己曾经高贵的身份,四十多年的国祚,三千里地的江山,之前作为帝王居住的楼阁高耸入云霄,庭内花繁树茂。这片繁荣的土地,很少经历战乱的侵扰。看似只是平淡的写实,但却饱含了作者对故国的自豪与眷恋。"几曾识干戈",更抒发了自责与悔恨。下阕写国破。"一旦归为臣虏"笔锋一转,平添了悔恨。终有一天国破家亡,人不由得消瘦苍老。尤其是拜别祖先的那天,在萧瑟的气氛中偏偏又听到教坊里演奏别离的曲子。在"辞庙日"之前还冠以"最是仓皇"四字,"最"字在这里既表程度,又表时间,还加重了语气,对于悲剧主角的李煜来说,那种时刻终生难忘,不禁对着宫女垂泪。那一日不仅成了南唐的国耻日,也成了王朝覆灭的永恒象征,它使人们一次又一次想到,同是虎踞龙盘的金陵帝王州,在那里上演过多少幕历史悲喜剧!

整首词作者用对比手法将感情表达得十分真挚、贴切,抒发他的深愁长恨,这种对比抒情,其意深刻,其情真挚,具有极大的感人力量,为后来许多词人所继承。下阕两处用典,"沈腰"暗喻自己像沈约一样,腰瘦得使皮革腰带常常移孔,而"潘鬓"则暗喻词人自己像潘岳一样,年方三十二岁就两鬓斑白。但李煜被俘时年届四十,由此可见他用典不拘泥,很灵活。这两个典故的描写极言词人内心的愁苦凄楚,人憔悴,鬓微霜,从外貌变化写出了内心的极度痛苦。亡国之痛,臣虏之辱,使得这个本来多愁善感的国君身心疲惫。李煜被俘之后过着含悲饮恨的生活,愁苦、郁闷即是他被掳到汴京后的辛酸写照。

总体而言,此词上阕写国家曾经的繁华,下阕写国家现在的衰亡,由极盛转向极衰,极喜而后极悲。中间用"几曾"贯穿转折,转得不露痕迹,却有千钧之力,悔恨之情溢于言表。作者以阶下囚的身份对亡国往事作痛定思痛之想,自然不胜悲凉,不失为一个亡国之君内心的痛苦自白。本词不假辞藻之美,不见着力之迹,全以自然之笔,大胆写纯真之情,一代君主变为阶下囚的真实感情有如血泪凝铸而成。全篇境界较为阔大,李煜开创以词作为抒情言志的工具,国仇家恨之情的注入,更形成极为强烈的感人力量。其亡国后期的词作在内容和艺术上的开拓,力变"花间"词意境狭窄、作品拘狭滞实的积习,在词的发展史上迈出了意义深远的一步。

渔父①·阆苑有情千里雪

阆苑②有情千里雪,桃李无言③一队春④。一壶酒,一竿纶⑤,世上如侬⑥有几人?

注释

①渔父:词牌名,《渔父》本名渔歌子。《词谱》云:"唐教坊曲名。"按《新唐书·张志和传》:"居江湖,自称烟波钓徒。"尝撰渔歌,即此调也。单调体实始于此。单调:二十七字,五句,四平韵;又有二十五字,五句,三仄韵一体。另有双调体,仿自《花间集》。

②阆苑:传说中神仙所居住的地方,词人以"阆苑"代指隐逸的生活环境。"阆苑有情千里雪"也作"浪花有意千重雪"。

③桃李无言:《史记·李将军列传赞》曰:"桃李无言,下自成蹊。"是说桃李花美果甘,它们不必言说什么,自然而然会有人来此,因为树下走的人多了,便踏出了道路。

④一队春:造句奇特,这里形容桃花、李花错落有致,竞相开放,表现出无限的春意。

⑤一竿纶:《诗话总龟》作"一竿鳞"。此句写渔父只带一壶酒,一竿钓丝,一边饮酒,一边垂钓的轻松快活的样子,实际表现了词人内心的向往。纶,钓鱼用的丝线。

⑥侬:吴地方言,即第一人称的"我"。

赏析

从创作背景看,这是李煜早期词作《南唐书·后主本纪》:"文献太子恶其有奇表,后主避祸,惟覃思经籍。"文献太子为了保住自己的继承权,曾用毒酒杀死自己的叔父,他更嫉妒弟弟李煜的才干,所以,李煜为了远祸全身,很少出头露面,在表面上表现出一副轻松快活、与世无争的样子,这两首《渔父词》反映的就是他这个时期的心态。据《古今诗话》载:张文懿(宋仁宗朝宰相)家有春江钓叟图,上有李煜二首《渔父词》,即"阆苑有情千里雪"和后面的"一棹春风一叶舟"两首。作者借画上的渔父表达自己远离朝廷、远离宫苑、追求在大自然中无拘无束地生活的心情。

从全词表达的大意看,词人把我们带到了一个幻美的传说,这里是神仙居住的地方,雪花飘飘有情,桃花、李花鲜花开放,那个渔父身背一壶酒,手持一钓竿,轻松快活地生活在这里,世上能有几人能像他那样摆脱羁绊,逍遥自在地生活?这是自我满足、自我欣赏的意味。在春天桃李花开的季节,如渔父这样物我两忘、逍遥自在的人却非常之少,结尾处坦然率真地表现出词人内心的向往。

"阆苑有情千里雪",开头意境描写引人入胜,阳春三月,桃李花开,塞北尚不再下雪,何况江南呢?这句诗与苏东坡的"乱石穿空,惊涛拍岸,卷起千堆雪"意境相同,给人一个动态的壮丽画面,极有气势。"有意"二字注入了作者的主观感受,将人的意愿巧妙地化为天公的意愿,实际上则是表达作者自己对这般梦境之景的热爱。下一句"桃李"是写静态,与上句的动态形成对比。桃花红、李花白,色彩相间、争奇斗艳,组成一幅美妙的春天景象。一个"队"字极言桃花、李花的众多,与上句的"千重"构成对照,既有有意之美,又有无言之美。

前两句写自然景色,三、四句才出现了人物,是一个一边饮酒、一边钓鱼、悠闲而逍遥自在的人,这是通过具体物象来表现人物的心理状态,这与张志和的"青箬笠,绿蓑衣,斜风细雨不须归"意境相同,表示身心极度轻松。结尾"世上如侬有几人",既是自问,也是反问,是代画中的钓叟说的,也是自我写照。这一问,表明作者不愿卷入帝位的争夺战中,不愿在尘世间消耗青春,一壶酒、一竿纶,足矣,没什么奢求,脱离俗务,忘我入化。

从思想基调看,这首词代表了李煜词前期的特征,既有悠闲自适,又有遗世独立。这显示了他不关心"世情世景",不愿卷入帝王宫闱纷争,不戚戚于个人得失,不拘于俗世的"放浪""豁达"。作者贵为皇子,言志为文,却与普通士人无异,全篇充满世俗恬适的情趣。此篇仍未脱离宫廷词的藩篱,但它的卓异之处,就在于每一个意象的使用都有超然之感,都是作者心意的再现,因此更加灵动,更有画面感,更具拟人化,对于中国宫廷词的创作有新的突破。

渔父·一棹春风一叶舟

一棹①春风一叶舟,一纶②茧缕③一轻钩。花满渚④,酒满瓯⑤,万顷⑥波中得自由。

注释

①棹:一种划船的工具。短的叫楫,长的叫棹。

②纶:比较粗的丝。《五代名画补遗》误作"轮"。词中指钓鱼用的粗丝线。

③茧缕:丝线,这里指渔弦。

④花满渚:花飘满水中的小洲。满:《五代名画补遗》作"盈"。渚:水中的小块陆地。

⑤瓯:用来装酒的器具,类似于今天的酒盅。

⑥顷:土地面积单位。一百亩为一顷。

赏析

这首词的写作背景与上一首《渔父·阆苑有情千里雪》相同,是一首题画词。李煜天性向往逍遥自在、纵情山水的恬淡生活,对家国天下、文治武功并无浓厚兴趣。但其天资聪颖,生有一副君主帝王相貌,又颇有才华,深得大臣和百姓喜爱。兄弟争立之时,备受猜忌,得承大统后,国力微弱,宋廷虎视眈眈,大兵压境,南唐奉朔称臣,为宋纳贡劳军,李煜身为国君,卑躬屈膝,精神上承受着巨大痛苦,然而他又迷恋富贵的生活,这使得他颇为苦闷,矛盾的心情一目了然,只能希冀从佛家思想中得到解脱的办法,《渔父》就集中表现出了他的归隐之心和遁世的想法。

首句点明这首词的场景是钓鱼翁在小船上随波荡漾,将"棹"一词活用为动词,将"春风"物态化,也把景写活了,使之非常生动别致,仿佛木桨划动的是春风,而且这种写法又将春风与绿波融为一体,更能体现春意盎然,与结句的"万顷波中"作前后照应。这首词短小精悍,语言精巧,笔力精湛,在此体现得尤为突出,四个"一"字连用而不避重复,是运用叠字衔接法,词人有意为之,"一棹""一叶""一纶""一轻",不但不显重复,反而有一气呵成、悠然不断之感,增强了感染力。取"一"与"万顷"相映照,细腻中见大气魄。

首句写景,笔法自然生动,意境悠然自得,接下来仍是直接的抒情。"花满渚""酒满瓯",两个满字体现了渔翁心情的愉悦,也体现了江南的一片大好春光。抒情离不开写景的铺垫,"茧缕""轻钩"是细节描写,体现渔翁的简单纯粹,而"钩"之所以"轻",是因为无鱼上钩。钓鱼而不求鱼,是作者志不在鱼的缘故。短短几字就将画中人物写得性格饱满、形神兼备,由此引出结句中的"得自由",进一步强化渔翁的快乐。渔翁乘着一叶扁舟,在无边无际的万顷波涛中自由漂荡,这是何等的洒脱不拘和悠然自得。李煜用悠扬轻松的笔调表达了他想摆脱世俗的枷锁,反映了他对这种淡然、超脱的隐士生活无限的向往和羡慕,希冀远离功名,与世无争,纵情山水,隐逸遁世。

　　春风泛舟、茧缕轻钩，勾勒了一幅欢快、轻松的画面，但作者将画面感由近及远，由小到大，逐渐展开，并将寓意转淡，转换成画境的空阔辽远和悠然自在，这是一种衬托、渲染的用法，"花满渚""酒满瓯"实写渔翁的美好生活图景，虚写自己的自在心情，"自由"二字一出，作者意趣畅然而出。

　　此词借景抒怀，悠然散淡之意境清丽脱俗，可视为题画诗词中的精品。

乌夜啼·无言独上西楼

无言独上西楼,月如钩,寂寞梧桐深院锁清秋[1]。

剪不断,理还乱[2],是离愁[3],别是一般[4]滋味在心头。

注释

[1]深院锁清秋:深深的庭院异常安静、冷清,仿佛清秋被锁于其中。清秋:一作深秋。

[2]剪不断,理还乱:形容离愁别绪,繁复纷乱,无法排遣。

[3]离愁:指去国之愁。

[4]别是一般:另有一种意味。别是:一作"别有"。

赏析

　　这首词的作者向来有争议,《花草粹编》引《古今词话》及《十国春秋》均认为是孟昶所作,《花庵词选》《续集》均列为后主作,《词谱》也认为是李后主作。赵万里校辑杨湜《古今词话》:"在此词后,案语云:《花庵唐宋诸贤绝妙词选》引作李后主词。"南词本《南唐二主词》无之,杨湜谓为孟昶作,殆必有据。但按词的风格来看,更接近李煜,故今人多归之于李煜,如唐圭璋《全唐五代词》归之于李煜。这首词当作于李煜降宋后,意旨是抒发作者深切的故国之思、亡国之恨。全词笔调沉重,一韵一顿,凄婉欲绝,将作者身被囚禁、孤寂无欢、度日如年的惨淡处境,以及内心之苦痛,艺术化地表现了出来。

从词的内容看,上阕写秋夜漫漫,作者满怀心事,不能入眠,于是独自一人走上西楼。看到月弯如钩,孤立梧桐,深庭小院,万籁俱寂下,月映梧桐,这样的萧瑟,清冷凄凉,仿佛与高墙外的世界永远隔绝,被紧紧地锁在了这深深的庭院之中。下阕"剪不断,理还乱,是离愁",用丝喻愁,新颖别致。前人以"丝"谐音"思",用来比喻思念,如李商隐《无题》中的"春蚕到死丝方尽,蜡炬成灰泪始干",然而丝长可以剪断,丝乱可以整理,而那千丝万缕的"离愁"却是"剪不断,理还乱"。这位昔日的南唐后主心中所涌动的离愁别绪,是追忆曾经金陵的荣华与安适。如今时过境迁,李煜已是亡国奴、阶下囚,荣华富贵已成过眼烟云,故国家园亦是不堪回首,千里江山毁于一旦。历经了人间冷暖、世态炎凉,遍尝国破家亡的痛苦折磨。这诸多的愁苦悲恨,哽咽于词人的心头难以排遣。作者尝尽了愁的滋味,而这滋味,是难以言喻、难以诉说的。

词的上阕写景抒情,将秋天的萧瑟与心里的悲凉融为一体。词以"无言"开篇,写出了主人公那满怀愁绪的沉默,也写出了小院里寂寥无声的孤独。一个"锁"字用的意味深长,既是说"庭院"锁住了"清秋",也传递出"清愁"锁住了"心情"。其实被"锁"住的,还有作者本人。作者在金陵也时常赏月,但恬淡的心境和此时的哀愁迥然不同。新月如芽总会圆,残月如钩总会满,只有金陵无法再见,故国山河无法再见。

下阕直写愁情,它盘绕纠结在心头,不仅"剪不断,理还乱",而且使词人徒然清醒,更增烦恼,让人不堪承受。"是离愁",不仅说明了愁的感情基础,也为后面的接句增添意蕴。世间虽有诸多离愁,但离愁也有很多种。只是这种故国别离却好似生离死别,不是亲身经历,是无法体会的。从这里可以看出作者词作的笔法,包括思想境界都达到了一个"始大"的标准。

这首词应是作者后期的作品,哀愁是词的主旋律,词中的纷乱离愁是他宫廷生活结束后的一个生活截面,因为当时已经归降宋朝,这里所表现的是他离乡去国的锥心怆痛。这首词感情真实,深沉自然,突破了花间词以绮丽腻滑笔调专写"妇人语"的风格,是宋初婉约派词的开山之作。在意象叠加手法上更是达到了炉火纯青的地步,缺月、梧桐、深院、清秋,这一切无不渲染出一种凄凉的境界,反映出词人内心的孤寂之情,同时也为下阕的抒情做好了铺垫。作为一个亡国之君,一个苟延残喘的囚徒,他在下阕中用极其婉转而又无奈的笔调,表达了心中复杂而又不可言喻的愁苦与悲伤。

这首词情景交融,感情沉郁,上阕选取典型的景物为感情的抒发渲染铺垫,下阕借用形象的比喻委婉含蓄地抒发真挚的感情。此外,运用声韵变化,做到声情合一。下阕押两个仄声韵("断""乱"),插在平韵中间,加强了顿挫的语气,似断似续;同时在三个短句之后接以九言长句,铿锵有力,富有韵律美,也恰当地表现了词人悲痛沉郁的情感。

浪淘沙令①·帘外雨潺潺

帘外②雨潺潺③,春意阑珊④,罗衾⑤不耐⑥五更⑦寒。梦里不知⑧身是客⑨,一晌⑩贪欢⑪。

独自莫凭栏⑫,无限江山⑬,别时容易见时难。流水落花春去也,天上人间⑭。

注释

①浪淘沙令:词牌,唐教坊曲有《浪淘沙》。"淘"本义是将杂质洗去,用水冲刷、冲洗。词牌名本意指的是汹涌奔腾的浑浊江水在浪头冲刷中淘洗了水中的泥沙。唐代刘禹锡、白居易都有《浪淘沙》,五代始创为《浪淘沙令》。唐代的《浪淘沙》曲,为七言绝句体;五代《浪淘沙令》,为长短句体,是依旧曲而改制的新声。

②外:方位词。《诗词曲语辞例释》认为:"外字","在诗词中运用极为灵活,可以表示'内中''边畔''上''下'等方位。"

③潺潺:象声词。这里形容雨声。唐代柳宗元《雨中赠仙人山贾山人》:"寒江夜雨声潺潺,晓云遮尽仙人山。"

④阑珊:衰落,将尽。这里指美好的春天就要结束。北宋贺铸《小重山》:"歌断酒阑珊,画船箫鼓转,绿杨湾。"

⑤衾:丝被、大被。清代曹雪芹《红楼梦》:"罗衾不奈秋风力,残漏声催秋雨急。"

⑥不耐:耐不住,禁受不住,不能忍受。北宋李之仪《朝

中措》："独泛扁舟归去,老来不耐霜寒。"

⑦五更:特指第五更的时候。即天将明时,但是格外寒冷袭人。

⑧不知:不必管。南朝梁王僧孺《秋闺怨》："徒劳妾辛苦,终言君不知。"

⑨客:来宾,客人。这里是指词人自己囚虏的身份。

⑩一晌:片刻,片时。南唐冯延巳《鹊踏枝》词:"一晌凭栏人不见,鲛绡掩泪思量遍。"

⑪贪欢:指贪恋梦境中的欢乐。

⑫凭栏:靠着栏杆。这句话是指在春寒料峭、国破家亡的时节下,一个人不要倚着栏杆远眺,徒增忧伤。

⑬江山:指南唐河山。

⑭天上人间:上天世界。人间:人世,世间。这句话收束全篇,指的是今昔对比,一是天上一是人间。

赏析

就词本身而言,这首词的场景是一个春日的雨夜,窗帘旁的雨声渐渐沥沥,春天快要结束了。丝织的薄被子却耐受不了五更的春寒让人冻醒,回忆起方才所做的梦。词人梦中不顾自己的囚徒之身,贪恋梦境中往昔生活的片刻欢娱。白天,独自一人时不能再去倚着栏杆,因为怕看到曾经属于自己的"无限江山"已经易主。与故国故土分别容易,再想见到时就极难。不禁发出感慨,这就如同落花随流水,大好春光已经一去不复返了。一在天上,一在人间!

从创作背景看,这首词作于李煜被囚汴京时,为去世前不久所写,感情基调凄苦欲绝,触景伤情,梦喜实悲。有人认为这首词是李煜的绝笔之作,表达了词人由天子降为臣虏后难以排遣的失落感。因为词作基调低沉悲怆,进而抒发了亡国之君李煜对南唐故国故土的无尽思念。

词的上阕应从整体来看,"罗衾不耐五更寒",说明作者是在五更天的时候,因为春寒醒来。这种寒冷即使身盖罗衾也无法抵挡。晚春时节,落花缤纷,气温上由寒入暖,不免令人开心。但是作者内心却不是因此生发快乐之感,而是因为被掳异地羁囚无奈,看到这般春景从而感到更加悲凉、伤心。比起南京的春暖如画,汴京却相对寒冷,没有南方的春意盎然。尤其作者听见帘外渐渐沥沥的雨声,想到春天快要过去了,陡然间心中生出无限孤寂。一个"寒"字不仅写出了身体的寒冷,更渗出了内心的凄凉感受。下句"梦里不知身是客,一晌贪欢",由实入虚。一方面,尽情享受的欢愉只能在梦里,因为梦中作者可以忘了自己阶下囚的身份,可以重新回到金陵的"天上人间",能够在乌衣巷、秦淮河边感受盎然的春意、绚丽的百花,短暂的梦幻让他享受到片刻欢愉。另一方面,由"贪"字又体现出作者亡国的痛苦,正是这一晌之欢的刺激,让他快意舒适,舍不得撒手,宁愿耽溺其中。但时节寒冷,梦境难以持久,梦醒后触发的是心底一直在回避的那种锥心之痛,理政多年,不思振作,辜负了自己的万里河山。所以,梦里的欢愉与醒后的孤寂,梦中美丽的金陵和眼前清冷的汴京,贪欢的心境与醒时痛苦的心境,构成了两种鲜明的对比,表现出一种复杂、矛盾的心理状态。

下阕"独自莫凭栏",语句的转换,内心的慨叹,看似在劝告他人,实际在劝告自己,一个人的时候不要去凭栏远眺,因为看到的将会是无限的江山,这种心理的落差是无穷大的,而且很容易就加入了作者的亲身经历——对于一个普通人来说,看到无限江山,引发的更可能是壮丽雄伟之感,但因为作者曾经是个君王,看到眼下不属于自己的江山,注定会引发他对亡国的无限悔恨之情。"流水落花春去也,天上人间",这里写出了作者前后生活的巨大落差,没有直接说明,而是用了一个比喻:昔日繁华美妙的生活就像流水落花一样一去不复返了,沉默对应的是刻意的麻木,目前的生活与此前的生活相比,作者内心的痛苦,悔恨,对故国的思念已经无以言表,痛上心头。

从创作意象看,景物的张力,悲凉意象的排比,梦里梦外强烈的反差是这首词最能打动人、最能支撑的"绝笔",从而表达出沉痛哀伤的故国故土之思。这些意象的巧妙都体现着作者的词作功底与创作技巧,例如写梦醒后的极度哀愁。先写梦醒,再写梦中,采用的是倒叙手法。"帘外雨潺潺,春意阑珊"写梦醒后周围的凄清景色,表达词人孤寂凄苦的心情,烘托了悲凉的境界。而写薄薄的罗衾抵不住晨寒的侵袭,这实际上仍是写作者内心最真实的苦楚。总的看景物描写,表达词人梦醒之后的悲愁,情寄景中。中间两句"梦里不知身是客,一晌贪欢",由景及情,写虚设的梦中之欢。

身为"阶下囚"的词人失去了昔日帝王的享乐生活,只有在梦境中才能回到故国华美的宫殿中,享受片刻的欢乐。上阕的前三句和后两句,使词人梦中的"一晌之欢"和梦后的"无限哀痛"互相映衬,造成现实之愁和梦中之欢的反差,以突出自己的亡国之痛,取得了强烈的艺术效果。最后两句以"流水""落花""春去"等典型的自然界的物象,来暗喻南唐的灭亡和词人荣华富贵的帝王生活的一去不复返。唐圭璋《唐宋词简释》:"流水尽矣,花落尽矣,春归去矣,而人亦将亡矣。将四种之语,并合一处作结,肝肠断绝,遗恨千古。"总体而言,这首词用白描手法、典型物象表达词人内心的极度痛苦,这些意象也反映了金陵之春与汴京之寒,写得情真意切,具有动人心魄的艺术魅力。

综上所述,全词哀婉动人,深刻地表达了词人的亡国之痛和囚徒之悲,生动地描述了一个亡国之君的苦恼与哀伤。正是李煜后期词作,反映了他亡国以后个人生涯的苦闷心情,确实是"眼界始大,感慨遂深";且能以白描手法诉说内心的极度痛苦,具有撼动读者心灵的惊人力量。

"南京稀见文献丛刊"
已出书目

14. 《金陵世纪·金陵选胜·金陵览古》

                            (明)陈沂   (明)孙应岳   (清)余宾硕

15. 《后湖志》   (明)赵官等

16. 《金陵琐事·续金陵琐事·二续金陵琐事》   (明)周晖

17. 《客座赘语》   (明)顾起元

18—20. 《金陵梵刹志》   (明)葛寅亮

21. 《金陵玄观志》   (明)葛寅亮

22. 《留都见闻录·金陵待征录》   (明)吴应箕   (清)金鳌

23. 《板桥杂记·续板桥杂记·板桥杂记补》

           (明末清初)余怀   (清)珠泉居士   (清末民初)金嗣芬

24. 《建康古今记》   (清)顾炎武

25. 《随园食单·白门食谱·冶城蔬谱·续冶城蔬谱》

      (清)袁枚   (民国)张通之   (清末民初)龚乃保   (民国)王孝煃

26. 《钟山书院志》   (清)汤椿年

27. 《秣陵集》   (清)陈文述

28. 《摄山志》   (清)陈毅

29. 《抚夷日记》   (清)张喜

30. 《白下琐言》   (清)甘熙

31. 《灵谷禅林志》   (清)甘熙   谢元福   (民国)佚名

32. 《承恩寺缘起碑板录·律门祖庭汇志·扫叶楼集·金陵乌龙潭放生池古迹考》

    (清)释鹰巢   (清末民初)释辅仁   (民国)潘宗鼎   (民国)检斋居士

33—35. 《南京愚园文献十一种》   (清)胡恩燮   (民国)胡光国 等

    《白下愚园集》   (清)胡恩燮等   (民国)胡光国

《白下愚园续集》	（清）张之洞等	（民国）胡光国
《白下愚园续集(补)》	（清）潘宗鼎等	（民国）胡光国
《愚园宴集诗》		（清）潘任等
《白下愚园题景七十咏》	（清）胡恩燮	（民国）胡光国
《愚园楹联》		（民国）胡光国
《白下愚园游记》		（民国）吴楚
《愚园题咏》		（民国）胡韵蒦
《愚园诗话》		（民国）胡光国
《愚园丛札》		佚名
《灌叟撮记》		（民国）胡光国

36-37.《金陵琐志九种》 　（清末民初）陈作霖　（民国）陈诒绂

《运渎桥道小志》	（清末民初）陈作霖
《凤麓小志》	（清末民初）陈作霖
《东城志略》	（清末民初）陈作霖
《金陵物产风土志》	（清末民初）陈作霖
《南朝佛志寺》	（清末民初）孙文川　陈作霖
《炳烛里谈》	（清末民初）陈作霖
《钟南淮北区域志》	（民国）陈诒绂
《石城山志》	（民国）陈诒绂
《金陵园墅志》	（民国）陈诒绂

38-39.《秦淮广纪》 　　　　　　　　　　（清）缪荃孙

40.《盋山志》 　　　　　　　　　　　　（清）顾云

41.《金陵关十年报告》 　　　　（清末民国）金陵关税务司

42.《金陵杂志·金陵杂志续集》 　　　（清末民初）徐寿卿